李 黎

芳草天涯

——寻访文学和电影的现场

生活·讀書·新知 三联书店

图书在版编目（CIP）数据

芳草天涯：寻访文学和电影的现场／（美）李黎著. —北京：
生活·读书·新知三联书店，2019.11
ISBN 978 - 7 - 108 - 06505 - 6

Ⅰ. ①芳…　Ⅱ. ①李…　Ⅲ. ①随笔－作品集－美国－现代
Ⅳ. ① I712.65

中国版本图书馆 CIP 数据核字（2019）第 041249 号

责任编辑　卫　纯
装帧设计　蔡立国
责任印制　宋　家
出版发行　**生活·讀書·新知** 三联书店
　　　　　（北京市东城区美术馆东街 22 号 100010）
网　　址　www.sdxjpc.com
经　　销　新华书店
印　　刷　北京市松源印刷有限公司
版　　次　2019 年 11 月北京第 1 版
　　　　　2019 年 11 月北京第 1 次印刷
开　　本　880 毫米 × 1230 毫米　1/32　印张 8.75
字　　数　187 千字　图 150 幅
印　　数　0,001 - 8,000 册
定　　价　41.00 元
（印装查询：01064002715；邮购查询：01084010542）

目　录

自序：十步芳草，万里天涯

这本书我原先想用的副标题其实是"文学和电影的现场回音"。"现场"并不一定只是空间的，也可以是时间的。

在这本书里，我和我寻访的对象——书，作者，电影，导演……曾经在同一个时间，或者空间，交集。时间永远在流动、流逝，同一个时间交集的机会到底太少，太渺茫。时间流逝之后，空间即使有变化，只要不是地老天荒海枯石烂，多半还能留存。而正是由于空间那或细微或戏剧性的变化，在记忆的比对之下，才更显现时间之水做下的蚀刻苦功。

时间之后，物是人非。我回到那个空间，现场，带着记忆或者印象，初访或者重访，聆听回音。

有些人是永远错过了，但他们的作品，他们的书写或者影音呼唤我、引导我来到现场。而书写和影音——文字和电影，谁更迷人？谁更虚幻？谁又更长久？

遥远的大西洋里的小岛，西班牙加那利群岛，找寻那个我在半世纪前，在另一个海岛上就结识了的故友，那个要我称她为Echo（"回音"，而不是"三毛"）的女子。故人早已不在，只留下她最早的名字，回音。

张爱玲的浮花飞絮、她的旧时的月亮，追随她走了多少年多少里的辛苦路？从上海到旧金山，从常德公寓到长江公寓到重华公寓，一直到旧金山布什街的公寓——她在那里听到的旧金山缆车当当的声音（即使在今天也还听得到的），会是从上海公寓楼上听到的电车声的回音吗？

茅盾的故乡乌镇，那里还有誓言再也不回家的木心，临终看着家乡以他为名的美术馆蓝图，呓语道："风啊，水啊，一顶桥……"回音淋漓泼洒在馆中天光水色的墨迹长幅上。

追寻沈从文湘水上的足迹，他走水路我走陆路，从长沙到凤凰，到边城。水声，橹桨，山歌……那是一整个世纪的文学回音。

从越南沙沥到巴黎，杜拉斯终生带着她情人的记忆；多年后我从她的书走进她未能进入的那栋情人的宅邸，有爱情的回音如幽魂。

春日的京都，雨丝中飘着谷崎润一郎的花魂；千年前一个月圆之夜，才女紫式部提起笔，书写她的物语、她的梦浮桥。京都是一个回音不绝的古都。

长眠的人还有记忆吗？说东京故事的小津安二郎，电影里的人坐火车上下班、探亲、远行、奔丧……火车是他的乡愁。他家住北镰仓，也长眠在那个小城，一座寺院墓园的"无"字碑下。

我也特意从东京乘火车过去，时间已是半世纪之后，但空间依旧，静静依偎着黑白光影的记忆。

在威尼斯，去墓岛看望曾有一面之缘的布洛斯基留下的水痕。当我在墓碑上淋下一勺清水或放上一只贝壳，便是我以他的民族方式对一位创作者的致意。

南印度喀拉拉邦的水乡，"微物之神"的国度，我追寻布克奖得主洛伊笔下的小镇、小河、河上的小船……竟然意外地找到作者书中也是现实中的祖屋，甚至亲人。那是一部文学，也是一段家族和国族历史的现场。

伊斯坦布尔有世界级的博物馆，我重去细看的却是一间小小的私人博物馆——"纯真博物馆"。只因为那是小说家帕慕克为他的小说和他深爱的城市打造的一座世间独一无二的、虚实交织的博物馆。

孩子小时我给他看没有对白的法国电影《红气球》，为他寻访巴黎的红气球电影现场；长大以后他要我看日本动漫影集《那朵花》，与我寻访影集里秩父市的那座桥，为了一个埋藏在他少年心中的念想。陪伴一个你爱的人一起找寻现场、聆听回音，放眼前方的桥和路，也学会怎样放手——正因为爱他。

天涯游子的故乡不止一处，可以有第一、第二甚至第三故乡。我至今居住了四分之一个世纪的旧金山湾区，该算我的第几故乡呢？旧金山，这个原本差一点要叫西班牙名"芳草"的城市，有太多文学和电影的"现场"供我寻找，或者凭吊。

十步之内的芳草，或是远走天涯的寻访？古今中外都有类似的寓言故事：为了寻宝（财富、爱情、长生不老的秘方……）行走迢迢万里，最后发现宝贝就埋藏在自家后院。可是若不走那趟，就无从发现十步之内的宝藏的秘密。

打开这本书：我的宝藏，与你分享。

（2018 年秋于美国加州斯坦福）

文学篇

回 音

初音

第一次听到她的名字，是我二十岁那年。

那年我认识了在台大同一个校园刊物里发表文章的 A。不久我们成了好友，我问起他的一篇给我印象很深的文章，里面写到一个女子，他和她在黄昏的草地上抽烟、谈人生、谈文学、谈远方……不像散文却更不像小说，令我对文中的那个女子十分好奇。A 说这个女子是他从小认识的邻居，去年去了西班牙，时不时还有信给他。哪天若是回来台湾，他会介绍我们认识。他给我看她寄自马德里的信，极薄的航空信笺上面是一排一排奇特的、像被风吹倒的方块字，整齐划一地以同样的角度朝右边倾斜。

他们黄昏时分散步谈心的那个草地——那片草场，其实当年是台北一个尚未开发的公园预留地，后来建成了"荣星花园"。荒芜的草场却并不荒凉，草木扶疏，非常适合散步，尤其是夏天的黄昏。我在认识 A 之前，家住松江路，也常跟朋友就近过去散步。多年后有次跟白先勇提到，他说他当年也住松江路，比我家偏南些，也常去那里散步的。他当然也认识甚至熟识那个女子——因为跟我一样，她的第一篇小说也是发表在《现代文学》。后来白先勇还把这几个在同一个地方、不同时间的"散步人"在他的文章《不信青春唤不回：写在"现文因缘"出版之前》里提起。算算年代，那时我们彼此都还不相识，散步的时间也都没有重叠；但在我的想象里，那个公园、那片草地，该有一些记忆的小草，见证过茫漠时间里的脚步……

我和 A 大学毕业那年，她真的回来了。A 带我去她的家看她。他们两家认识，又住得近，A 从小跟着邻居小孩叫她"陈姐姐"，清楚地记得陈姐姐穿着漂亮的裙子，对小朋友非常和气，给他们看美丽的画片。长大之后，A 便直呼其名：陈平。她却要我称呼她的英文名 Echo。

刚刚第一次西班牙之旅回来的 Echo，直披的长发，浓黑的眼睫毛，上身罩着套头的西班牙披肩 puncho，充满那个年代少见的异国情调，像一股扑面而来的海风，带着迷人的远洋和自由的气息。她的房间里最触目的是路上捡来的一截枯树枝，枝丫上点缀着小饰物；她给我看她从西班牙带回来的小东小西，我被她的旋风刮得目眩神迷，至今犹记得她给了我一个空的雕花玻璃小香水瓶，瓶子里依然遗留着香气……

她似乎有一种魅力，让我觉得她跟我说话是在交心——"将我心换你心"，她立即成了我少女年代的朋友。多年后她在给我的信里写道，还记得我"穿着牛仔裤去（书店里）翻字帖的样子"；我记得是陪她到她家附近的小店印名片，她低着头仔细地、一笔一画工整地写下英文名"Echo"，然后抬头告诉我，她非常喜欢这个名字。真的很美：希腊神话里的回音女神。

也像一股旋风一样，她说就快要结婚了，领了我和 A 见她的未婚夫，去他们正在布置的新家。我印象最深的是用空心花砖和原色木板搭成的书架，让我觉得书架就是要像那样的才有味道（后来我在美国第一个家的书架，就是用空心花砖和木板搭成的）；还有墙上贴的艺术海报，当然还有一大截枯树枝。她说婚礼上要我做她的伴娘，我受宠若惊却隐隐感觉她只是随口说说而已吧，果然我的直觉没有错，她最后没有找我做伴娘，但我和 A 当然都参加了那次婚礼。

之后没过多久，我在上班的地方常接到她的电话。才新婚就发生了许多令她忧烦伤心的事，她说了很多，但似乎怎样也说不清；正在服兵役的 A 周末回家时也会听她诉说，但我们都那么年轻，完全不知道该如何面对她的问题、怎样安慰她。那时的我对人生知道得太少，对友谊也是，即使彼此交了心，在遇到大痛的时候，受伤的心只能自己捂在胸口，别人是无能为力的。

不久我和 A 就去了美国，后来听说 Echo 也离开台湾了，"回去"了她的西班牙。在那里，她开始了一段新的人生，甚至给自己取了一个与美丽的 Echo 完全没有相似之处的新名字：三毛。然而当我读到那个陌生名字写的关于一片遥远的沙漠的故事时，我知道那一定是她，不可能有别人。

擅长说故事的 Echo，用她那生动、美感又形象（她自小就受过绘画训练）的文笔，说了一个又一个迷离魔幻的远方的神奇故事，就像我初见她时感受到的那股席卷而来的异国的风，挟带着无边的大海和大漠的自由气息；在那个尚与外界隔绝的封闭年代，她的故事打开了多少扇渴望广大世界的眼睛和心扉，无人可以估计。她替代了无数想要航行在波涛汹涌的海上或者彳亍在莽莽大漠中而不得的人，走了一趟又一趟美丽曲折又痛苦的冒险之旅，圆了他们的流浪之梦；他们可以在家中舒适地读她的远方故事，歆羡她的勇气和际遇，还有异国的恋情——直到她的充满戏剧性的大难一夜之间扑来。却是在那之后，她自身的悲剧造就成了一则更大的传奇。

回音

二十年前的夏天，我和 A 趁着去西班牙南方旅行之便，应一位曾在 A 的实验室做过博士后研究的西班牙女医生南达·鲁伊莎之邀，飞去她家所在的西属加那利群岛。虽说是去 Las Palmas 大岛看望几年不见的南达，其实心底深处有一个影子：曾经住在那里的 Echo。虽然她早已不在那里了，也已经不在人世了。

1979 年，原已在几个邻国势力的干预或支持下的撒哈拉威民族独立运动终于获得联合国承认，西属撒哈拉脱离西班牙获得自治权成为"西撒哈拉"；政局动荡兵荒马乱之际，Echo 和她的荷西离开了沙漠，搬到一海之隔的西属加那利群岛的大岛 Las Palmas 上。才住下不到一年，荷西便出了意外离世，Echo 却还是在那里断断续续又住了七年（她说，因为"我只是舍——不——得——离开"），最后为了父母亲，才永远离开那块伤心地，迁回故土台湾。

我去加那利 Las Palmas 大岛寻访她的故居时，当然知道即使找到，也早已人去楼空；却又想着既然都在同一个岛上了，寻访也好，凭吊也罢，心中响起的一句话还是 Echo 在一封信里写的："为着我的心。"

结果二十年前的那趟加那利之行却成了一次惆怅之旅：故人已辞世，她的故居遍寻不得；临上飞机离开之前，南达开着车还在热心地帮我找，当时那份焦急和懊恼，至今记忆犹新。

我本以为自己的准备工作是充分的。Echo 的好友彦明，曾经在 1981 年去岛上探望她，在她家住了两个星期。之后彦明把那段日子的点滴回忆细细写成深情、生动又感人的《加那利记事》，收在文集《人情之美》里。我动身去西班牙之前写信给定居荷兰的彦明，请她给我 Echo 在岛上旧居的地址，说或许能有机会去看一眼。彦明的回信很快就来了，也真亏她一贯的心细如发，尽管她离乡成家，无数次的迁居移徙，十几年前那趟旅行的地址竟然还留着！

我去加那利的那个夏天，距离 Echo 去世已经有六年多了。心里多少觉得自己有点傻，物是人非，那房子还有什么可看的呢？甚至潜意识里或许并不忍去面对吧。但是万里迢迢，我竟到了那处她生命中大失大恸的地方，她依依落脚又心碎离去的地方，我又怎能不看一眼？

我和她已有许多年不见了——在她成为"三毛"那个传奇人物之后，我们的人生之路就不再有多少交集。但多年后在我自己面对丧子之至痛的日子，跌伤不久还在休养中的她一听到消息，不顾家人劝阻说我们这边已是深夜，立即从台北给远在圣地亚哥的我打了越洋电话。深夜里听着她细而柔的声音，与二十年前我们初识时一样，虽然声音里的焦急和痛楚是那样真切……她的焦急和痛楚中几乎带着愤怒，而她的愤怒是来自对残酷命运的无可奈何与无从抗争。后来她给我的信里也净是这样的情绪。"将我心换你心"，此时此际我才真懂了。

读着她其后给我的长信，我知道，自己将会永远地感激她对我剖开的心。当我试着以文字书写疗愈伤痛时，我常想到她；我的"悲怀四简"的第三简就是写给她的。五年后，当我走出悲怀、迎来新生命的时候，她却已经选择离开这世间三年多了。我还是又给她写了一封信，一封永远无法投递的书简。我依然当成她是可以读到的——我们之间的结缘，其实依靠文字远远多过执手面对的交集。而这"文字"是属于彼此的私密话语，不是公众的——她说过："书中的我，无所不在，也根本全然不在。"

在 Las Palmas 大岛上的那几天，每到一处地方，我常会不由自主地想到她，感到与她久未有过的接近。尤其当我去到一处叫作"更多的鸽子"（Mas Palomas）的地方，一处有着一望无际的起伏沙丘的海边——真是难以相信身在大西洋的海岛上，竟有那样无止境的蔓延的沙丘！要不是面对着大海，真会以为到了 Echo 笔下那处让她魂牵梦萦的撒哈拉。这里的沙正是隔着海，从非洲大陆那处全世界最大的沙漠吹过来的。我在沙丘上坐下来，体会沙的那种水质的柔软与土质的坚韧，巨大无比的包容与沉陷溺毙的恐惧……

在一种像是响应呼唤的心情里，我交给南达那个彦明给的地址，请她带我过去。南达看着纸条上的那行字，愣了几秒钟，才带着忍住笑的古怪表情说："这根本不是什么住址！这是一个邮

作者在 Las Palmas 的沙丘上留影

于 Telde 寻三毛故居不遇

局信箱啊！"

我也愣了几秒钟，然后跟着她神经质地大笑起来。在那一霎间，我脑中闪过 Echo 豪放大笑的模样。

原本也不是十分迫切要寻访的心情，这时虽然感到失落，还是放下了——想想那就算了吧，何必强求呢？倒是南达激起了好奇心，不断追问我这位嫁给西班牙人的朋友的身世来历，她才听了我简短的叙述就已经大感兴趣。等到要离开的那天，南达要送我们上飞机之前，还坚持试试运气，去到那个邮箱所在的名叫 Telde 的小镇，带我去到那附近打转。我凭借彦明《加那利记事》里依稀的信息：滨海的小区，有许多漆着白墙的平房，狭窄的石板路，深褐色的大门，门牌是 21 号，大门里一棵茂密的相思树，房子背后的落地大窗面对大海……试着提供南达一些蛛丝马迹。车子开过不知多少弄巷，也看过好几个 21 号门牌的房子，然而都不像。南达甚至逢人便问：是否知道一个曾经住在那附近的中国女子？得到的都是茫然的摇头。

也许我们一开始就走错了小区，根本就不在那一带；也许时隔多年，已经没有人记得她了……总之是完全不得要领，最后我们都决定放弃，直奔机场。当时心中的遗憾之感是有的，但更多的是惘然。 Echo 之于我，是最初的那个与我交心的朋友，是我遭逢大难大恸时对我诉说她自己的大难大恸的人，而不是那个笔名，那则沙漠或者加那利的传奇。

问不出任何头绪的南达，在送我去机场的路上失望地说：在这里，看来已经没有人记得她了。

南达错了。

José María Quero Ruiz
(1951 - 1979)

壁葬墙下放的玻璃龛，内置三毛与荷西的照片，以及想要致意的人留言的纸条和小石头（Teresa Carrillo 摄）

回音，回音

南达又通过脸书，寄来了几张照片和剪报。

那年寻访不到 Echo 的故居，南达送我上飞机时答应过我：在她居住的加那利群岛上，"如果有关于你的朋友 Echo Chen——或者 Sanmao——的消息，我一定告诉你"。我以为她只是说说安慰我而已。

但南达没有食言。二十年了，这名西班牙女子还在继续履行她对我的承诺。她让我知道：那个——或者说那两个——曾经短暂生活在那里（其中一个还长眠在那里）的人，不但没有被遗忘，还不断地有记忆的贝壳堆积成他俩的精神的纪念碑——甚至真正实质的纪念碑也被竖立起来了。

三五年之前吧，南达非常兴奋地告诉我：她有一位好友经常去 La Palma 小岛探望母亲，给亡父上坟，有一天，在父亲的墓园里发现了一座非常特别的"一位中国女作家和她的西班牙丈夫"的双葬墓。南达立即知道那必定是 Echo 和荷西的墓了，她便请这位好友下次去时务必拍下照片。

据南达的好友说：在 La Palma 小岛的一座安静的墓园里，一个原本被遗忘了二十多年的西班牙男子的墓，在他的妻子——一位中国作家——的骨灰来到之后，被一起移到一座"双墓"去。墓碑上只有简单的三行字：他的全名 Jose Maria Quero Ruiz，生卒日、月、年（9 日，10 月，1951 年—30 日，9 月，1979 年），第三行却很特别，"Echo 陈的丈夫"。

这里顺便一提：关于荷西的全名，荷西·玛丽亚·奎罗·鲁意斯（Jose Maria Quero Ruiz）——"荷西"当然是他的名，而"玛丽亚"也是他的名，西班牙男子在阳性名后还有一个阴性名并不少见。（我猜想 Echo 平日称呼他是两个名一起叫的，因为在她给我的信里提到荷西都写"Jose M-a"。）"奎罗"和"鲁意斯"都是他的姓，但后者只在这个墓碑上见到，可见很少用，估计是母亲的姓氏。西班牙人名传统上有两个姓，分别源于父母的世系，一般都是父姓在先，母姓在后；父姓为主，母姓可提可不提。

这座荷西与 Echo 的合葬墓坐落在一道壁葬墙里，下方有一个玻璃龛，据说是一位匿名的华人捐置的；龛里放置着两人的照片，照片前有许多写了字的纸条和小石头，上面西文和中文的字都有。想要致意的人，可以请管理员打开锁住的龛门，放进自己的留言。壁葬墙侧面一堵空白的墙上，有三块献给他俩的小石碑，右边一块有七行西班牙文字，左边那块是中文翻译，恐怕是用翻译机转换过来的，因而不是很通顺，尤其最后两句实在不知所云，但整体的意思还是明白的：

> 荷西·玛丽亚·奎罗（1951 年至 1979 年）和三毛（1943 年至 1991 年）永远安息在冬天的光。荷西 1979 年 9 月 30 日死在拉帕尔马岛的海里，三毛 1991 年 1 月 4 日在台北去世以成回声。这些岛屿不再是他们的人生天堂，意外成为他们的坟墓。水、地，尤其是每个冬季的阳光，连接所有的生命充斥了他们的遗体。前葡萄牙航海员行程，拉帕尔马岛美岛及台湾宝岛因此一线连接的记忆：人，海，和平。

壁葬墙侧面白墙上，有三块献给三毛和荷西的小石碑（Teresa Carrillo 摄）

La Palma 岛贩售三毛和荷西的明信片（上），以及西班牙文
小书《橄榄树与梅树花》（Nanda Fanjul 提供）

西班牙文的碑，文字上方有一个图形，正是 La Palma 岛的形状；中文碑上的，当然就是台湾岛的形状了。

至于中间那块碑上刻的，竟是《橄榄树》歌词的西班牙译文。选用的是歌词的第一段：

不要问我从哪里来　我的故乡在远方

为什么流浪　流浪远方

为了天空飞翔的小鸟

为了山间轻流的小溪

为了宽阔的草原　流浪远方

还有还有　为了梦中的橄榄树

Echo 曾在她的一篇叙述与荷西同访加那利群岛、名为《逍遥七岛游》的游记里这样写 La Palma 小岛："这是一个美丽富裕的岛屿……如有一日，能够选择一个终老的故乡，拉芭玛将是我考虑的一个好地方。"如今再读，这是何等凄美又何等可怕的谶语！

南达告诉我：听说有不少中国访客去上坟，放下写了祝祷字句的石头；附近的店家还售卖有他俩照片的明信片，甚至还有一本关于他俩的西班牙文小书《橄榄树与梅树花》。简直成了当地一个吸引游客的看点。

南达同时找到一则新闻：2013 年 3 月，在 La Palma 荷西遇难的海边，一座很特别的纪念"塔"矗立了，是一位名叫费尔南德斯（José Alberto Fernández）的艺术家设计的。主体是一组三

在 La Palma 荷西遇难的海边成立的纪念"塔"（Teresa Carrillo 摄）

根细而高的金属管，据设计师表示象征"三毛"这个笔名；近旁则散置八块鱼鳍形象的石雕——"'八'是中国的魔法数字"，报道中这么说。当地市政厅称这处为"文学景点"，举行了建成仪式，由"文化政务委员"主持，还邀请了荷西的两个姐妹来参加。

一年之前，南达又传来 Las Palmas 大岛地方报纸大半页的报道，关于那位"来自台湾的中国女作家三毛"，她的最有名的作品《撒哈拉的故事》首次被翻译成西班牙文出版。〔我查到那本书名 "Diarios del Sahara"（《撒哈拉记事》）的书封，醒目的鲜黄色，字体最大的是作者名：Sanmao——三毛，不是 Echo。〕报道中当然也提到作家和她西班牙丈夫的故事，他们已时隔多年的悲剧……还有一张他俩并肩走在沙漠里的彩色照片。他们不仅没有被遗忘，甚至也成了当地的一则传奇，就像一串绵长的、不绝如缕的回音。而她的故事，也终于被翻译成她的第二语言，在她的第二故乡出版了。

同时我也得知了：那栋我当年寻访不得的 Echo 故居，竟然在 2015 年由 Telde 小镇的市政厅在大门旁的墙上挂上了牌子，里面有四个中文字——"三毛故居"；而西班牙文写出的名字则是 "Chen Ping（Sanmao）"。果然是在 Telde，那年我没有找错地方，只是没有找对街而已——不过就算到了那条街也可能会认不出来，因为"故居"的大门和门牌号都跟彦明照片里的不一样了。

三十年前就离开了这里，二十多年前辞世，然而 Echo 的传奇在她身后这许多年竟然还没有结束。记得她提到台湾和加那利这两处地方时曾说："那里是我的一生，这里是我的一世。"发生了、留下了生命里至深至巨的记忆的地方，就是一生，就是一世。但我认定的她最初的一生，是跟我一样，在那个我们第一次见面的岛上；之后我们都远走天涯，经历了几生几世。我曾在另外一些地方，像江苏的周庄，像新疆的达坂城，看到旁人将她的一些足迹变成名牌大肆张扬；我心中隐隐作痛——那不是她，那只是她失魂落魄时颠踬步履的屐痕而已。在那些地方，她没有生与世。

Echo 的几生几世，我的几生几世，曾经在一个岛上交会，又在另一个岛上错过。然而在我心中回音缕缕，久久不绝。

（2017 年 11 月，于美国加州斯坦福）

浮花飞絮

前年冬天，我为着在上海新出的书而上了几个媒体节目。其中一家电视台，除了访谈还要"出外景"——那位年轻的女制作人知道我对上海旧建筑有兴趣，就带了我和摄影师到外滩去，沿着黄浦江边走边谈。之后她说："还有点时间，去长江公寓，张爱玲故居吧！"

其实这座位于黄河路65号、旧名"卡尔登公寓"的长江公寓，并不是张爱玲当年在上海的生活和写作中最重要的故居——常德路上的爱丁顿公寓才是。可是既然制作人已经决定了，加上时间有限，长江公寓就在近处，去就去吧；反正剪辑之后，顶多几秒钟的镜头就带过了。

这座公寓楼房可真够老旧，听说就快拆了。进了公寓门厅，门房显然经验老到，一见我们便要阻拦，制作人裝作找人就直冲进电梯；开电梯的女工更凶，逐个儿问要找谁，一听是301就知道又是找那张爱玲的，硬是不给按三楼。制作人偏不理她，领着我们跟着五楼的人乘上去再走下来。结果虽然找到301室，看着

黄河路上的长江公寓

也不大像——本来张爱玲对后来这居处并不大提起，内部想必也经改过。我在室外长长的走廊上东张西望，不防竟有个小阶，一脚踩空跌跪在地；幸好冬衣穿得厚，只左膝跌肿一大块。事后我自我解嘲道：祖师奶奶素不喜人打扰，这番又惹恼了她，不就是略施小惩吗？

离开上海的前一天，我上女作家淳子的广播节目。她是一位地道的张迷，赠了我一本她的新作《张爱玲地图》，书中图文并茂，细数张爱玲住过的，或仅只是和她有过渊源的上海老房子。我一路看回家，羡慕淳子生长在上海，有条件实地调查仔细寻宝；同时也为许多历史资料已湮没在时光的洪流中而惋惜。

去年春天清明时节，我再去上海。一个细雨蒙蒙的下午，久居上海的表弟领我看他愚园路旧居，并说张爱玲的常德公寓也不远，可与其他几处地方一并看看。他正在进行一桩研究，是20世纪上半叶他旧居附近小区的建筑及人文史。我们约在愚园路江苏路口碰面，那一带也改头换面了许多，表弟却有办法用叙述和形容还原一些面貌。

沿马路拐进弄堂，我们就可以从容欣赏弄堂里的老建筑了。他对这一带极熟悉，细细告诉我许多故事。他的旧居亦靠近我亲人的旧家，七八十年代几次访上海时也来过，然而那时注意力总被亲情分散而且来去匆匆，从未像这回纯粹抱着欣赏的心情与眼光。这才注意到这一带建筑的墙饰、窗前熟铁雕花，都颇有装饰艺术（Art Deco）或新艺术（Art Nouveau）风格；细部常有意外的精美，而整体也还看得出旧时中上等里弄的齐整。小雨时飘时歇，嫩绿的树梢绽放着鹅黄小花，美得好无辜，像是未经人世沧桑；其实如许自然景色，六十年前与今朝亦应无分别，只不过物是人非了。

这些小巷都有来头：七五〇弄"愚园新村"原为康有为家产；还有一条至今依然非常隐蔽的七四九弄，原来敌伪时期人人闻之变色的特工组织"76号"几名要员都曾住这里：李士群住63号，周佛海住65号，吴四宝住在最底的67号。吴的宅第最为深藏，不仅位于弄底，进门还先得过一门洞，尔后劈面又是一堵墙壁，整幢住宅只留一个入口，还须踩数级台阶而上。这些人仇家太多，自然须防人刺杀。因而想到张爱玲的《色，戒》，不过男主角原型的丁默邨倒并不住这里。

常德公寓门牌

当年吴四宝、李士群相争，吴死于李之手，而后李死在日本人手下，胡兰成《今生今世》自己写来亦不隐讳是他为吴报了仇。这段江湖黑道加"谍对谍"的好戏，高阳的历史小说《粉墨春秋》渲染得更为精彩。

再走走就到了愚园路东端头上、常德路和南京西路交界处的常德公寓，即当年"静安寺路、赫德路口"的爱丁顿公寓。到时日已西斜，这儿的门禁比长江公寓森严得多，大门深锁，访客非按铃根本不得入，难怪聪明的节目制作人不来。这样的门禁在一般公寓很少见，也可见住户被张迷们"骚扰"到忍无可忍的程度了。我站在门外路边照相，两名年轻女子走过，听到其中一个低声咕哝："……张爱玲的。"好似见怪不怪了。

我提议从此步行到胡兰成的故居"美丽园"——从前叫大西路，现今延安西路三七九弄。当年张、胡二人在这两处之间走来走去，倒要体会一下距离有多远。未料一路车人混杂，越过宽阔的延安西路时更是狼狈不堪。我笑说那时路况若像今日，张、胡才不会步行来去呢，张爱玲首先就吃不消。表弟说从前这段路堪称雅静，静安寺一带虽热闹，西行至大西路即渐趋僻静，在梧桐树荫下走走，应是十分写意的；而今拓宽、起高楼，自然面目全非。（后来淳子对我说：她猜想张、胡两人可能会抄小路，经过幽静的"外国公墓"……）

美丽园虽旧，还是残存有欧式洋楼的气派，想象得出昔时高级住宅区的格调。在巷里兜了一圈，跟淳子一样，胡寓到底是几号也弄不清，也是随便找一家顺眼的在门口立此存照。此时天

美丽园弄景

已暗下，忽然心生惆怅——这个下午行过的一带，基本上一直到20世纪80年代还是原貌，却是这一二十年的大变化改变了过去四十年……

雨又细细地飘下，我们走进一家叫"红宝石"的西点咖啡店，各叫了一杯咖啡。表弟燃起一支烟，我们见面总有说不完的话，此时却好似不知从何说起。回顾这一下午走过的，不只是几条马路几道弄堂，更是几十年时光呢。

过两天，淳子约我在"马勒别墅"喝下午茶，那是一幢（其实是一群数幢）如童话宫殿般的旧时华宅，现改为旅舍和餐厅，花园里还有穿结婚礼服的新人在"出外景"。淳子提到不久之后要去温州，追寻当年胡兰成亡命、张爱玲追访的足迹。她如此认真痴心，我真的好生佩服。张迷代有传人，像淳子这样生长居住于斯，搜寻材料更是得天独厚了。而我从来无心做研究，这些时只因常来上海，平日随兴走走，不经意间也会遇上触发联想的地方，常起时空错置、白云苍狗之感，却是未曾动念想要追寻什么人的足迹的。没想到我虽无心找他们，一些陈年旧迹却迎面而来。世事就是那样难料——

夏天正准备再去上海，动身前表弟来电邮，说查寻研究资料之际有些意外发现，对他无用，但我或可能会有兴趣。原来春天那趟行走，我惘惘的惆怅他看在眼里，下回查找原新城区庙弄及乌中路一带资料时，"顺便"翻了翻常德公寓和美丽园的相关材料，想或许能满足我的一些好奇……到了上海见面时交给我，打开看着不禁有些呆了：因全是第一手资料，很像无意间看到别人私密的东西——尤其有关张爱玲的，一时竟有些无措。

首先是张爱玲在爱丁顿公寓的户籍："常德路一九五号内六○号；十区十三保十四甲贰九户"；户主是姑姑张茂渊，祖籍河北丰润，教育程度"大学"，业别"商"，服务处所"新沙逊洋行"，未婚。侄女张爱玲的业别却是"其他"——可见"作家"那时还非职业呢；当然也是"未婚"。不知为什么张爱玲的生年填错，写成民国七年（应是九年）。照表上写的年龄推算，此表

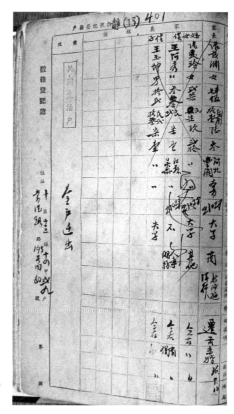

张爱玲常德公寓户籍。
登记员的字特别漂亮

当填于1945至1946年间，应是抗战结束后，上海市政府在全市范围内建立的规范户籍。

至此，张爱玲迁出爱丁顿公寓的确切日期终于有了证据：民国三十六年（1947）9月10日"全户迁出"。比照胡兰成《今生今世》写的：

> 张爱玲住过的公寓，我亦去了。我几次三番思想，想去又不想去。明知她亦未必见我，我亦不是还待打算怎样，而且她也许果然已经搬走了。但我到底没有顾忌地上了六楼，好像只是为了一种世俗礼仪。到得那房门外，是另一妇人出来应门，问张爱玲小姐，答说不知，这家是六个月前搬来的。——《临河不济》

胡去时是1948年3月底；六个月前，正是1947年9月张爱玲迁出之后。果然一点不错。弟弟张子静也说过："1947年6月她写信给胡兰成决绝之后就与我姑姑搬离爱丁顿公寓，迁居梅龙镇巷弄内的重华新村二楼十一号公寓。……那幢公寓外观远不如爱丁雄伟，室内也小得多。显见姑姑与她的经济状况不如以往了。"梅龙镇酒家我去过，那旁边的巷子乱糟糟的，张爱玲怎住得下？难怪要搁笔一阵——当然，那时正值时局动荡之际，无论大局还是自身都处在悬宕不安之中，也难为她了。直到后来（张子静说是1948年底）搬进帕克路（今黄河路）卡尔登公寓301室，姑侄一人一个套间，在那里张爱玲写成了小说《十八春》《小艾》。

有趣的是户籍记载同住有一位三十出头、籍贯江苏吴县的女佣王阿秀，婚姻状况是"有偶"，身边带个十一二岁的儿子王玉坤。我一看，这岂不正是《桂花蒸·阿小悲秋》里那位苏州娘姨丁阿小和她儿子百顺的原型吗？只是男孩填的是"失学"，不像百顺虽留级了还是每天去上学的。小说里阿小的男人是个裁缝，想到张爱玲在《我看苏青》那篇里提到过："我们家的女佣，男人是个不成器的裁缝。"更旁证了张爱玲的女佣、户籍上的王阿秀，就是提供她这篇小说素材的人物。人海茫茫，这对母子后来下落如何？生于民国二十三年（1934）的王玉坤今年正好七十岁，他在哪里呢？

户籍誊抄员的毛笔字不但娟秀，简直是有书法底子的。上海真是藏龙卧虎之地。

胡兰成在美丽园的户籍，原来是大西路三七九弄二十八号（大西路抗战胜利后一度改名为中正西路，1949 年后改为延安西路）。但胡本人并无具名，户主胡春雨，便是他那比女儿还亲的侄女"青芸"了。胡兰成这样写青芸：

> 还有侄女青芸幼受后母虐待，后又三哥亡故，直留在祖母身边抚养，玉凤来时青芸还只八岁，也待她像妹妹，她叫玉凤六婶婶，其后青芸长成，还比亲生女儿孝顺。——《风花啼鸟》

胡兰成投效汪政府后，频频来往南京、上海两地；1941 年他便将青芸和长子从家乡接来上海，落籍美丽园：

美丽园二十八号后门

我在南京有官邸，但常住上海，侄女青芸已与阿启从胡村出来，上海家里即由她当家。南京唯一个月中去一二次。——《晓阴无赖》

美丽园二十八号并非胡兰成置购的产业，他是从方姓屋主租下二楼一层（包括两大房间和一亭子间）。几件不同年份的户籍，显示其后同住的人出出进进、来来往往，除了胡兰成的几个儿女（胡启、胡宁生、胡小芸、胡纪元），还有青芸的亲弟弟胡绍枏，而后她自己的儿女以及胡的朋友斯家兄弟等等。胡兰成也提到过："至于战时（斯家）老五老四到上海，我几次赠资……"同时也不免成为外地来的亲友落脚处：

胡村人道路传说，只晓得我在外头做官，便有男女出来投奔，但他们多是不认得字，我只得到处介绍他们当事务员或杂役，或给路费叫他们回去。他们每来一伙人，就住在我上海家里，不管住得下住不下，说自己人地板上打铺亦可以，都是这样的不识起倒，使得青芸又无奈又好笑，但山乡

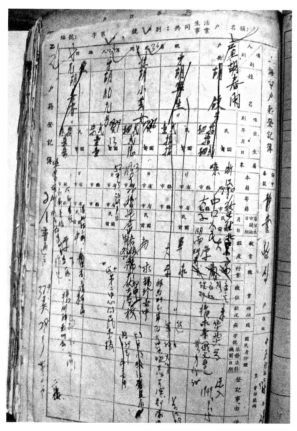

胡兰成一家于美丽园住宅的户籍资料。四名子女都在一户，户主原是长子胡启，后改为侄女胡春雨

人粗虽粗，也是有元气，我亦与青芸一样没有嫌憎他们之理。——《星辰尘俗》

胡兰成常去爱丁顿公寓找张爱玲，两处走动，却还是以美丽园为家，好像与青芸更亲：

> 要到黄昏尽，我才从爱玲处出来，到美丽园家里，临睡前还要青芸陪我说话一回，青芸觉得我这个叔叔总是好的，张小姐亦不比等闲女子。——《民国女子》

青芸、春雨，名皆好听。我不免连带也好奇她的下场。是看了户籍才留意到她的丈夫沈凤林，生年有填 1912 或 1914 不一，教育程度在不同的户籍登记中有填"私四"、也有填"高中程度"，不知何者为准。胡兰成书中只提到青芸夫婿姓沈，口气里不甚瞧得起：

> 青芸今年三十岁，因我回家之便，送她到杭州结婚。婿家姓沈，原是胡村近地清风岭下剡溪边沈家湾人，土里土气，出来跟我做做小事情。青芸仍是胡村女子的派头，不讲恋爱，单觉女大当嫁是常道，看中他，是为仍可住我家照顾弟妹。为了我，她连终身大事亦这样阔达。她从小有我这个叔叔是亲人，对他人她就再也没有攀高之想，人世的富贵贫贱，她唯有情有义，故不作选择。她只觉有叔叔送她去成亲，已经很称心。——《两地》

倒是在多年后，一份检举沈凤林（又名沈志浩）的材料里提到他们结婚的排场：

> 沈志浩1945年与胡青芸结婚，在现人行浙分行（旧址伪兴亚俱乐部），场面相当大，几十桌，人员有伪保安队业务处等的中级汉奸，还有特务大队长吴杰，保安处科长张士奎，保安第一大队长贺劲生，独立营营长王忠林等，其他一般弟兄都到。……

抗战胜利后胡兰成出亡，便是先到沈的姐姐家落脚，后投斯家：

> 却说我渡过钱塘江，是有侄婿相陪，先到绍兴皋埠，他的姐姐家里。……我在那家只过得两夜，就到诸暨去，斯家在斯宅……——《望门投止》

胡兰成得意时青芸为他持家，失意出亡，青芸更得挑起这六叔留给她的重担。胡在离沪赴港前夕有感："唯有青芸很苦。她今已有两个小孩，男人又调到山西被改造去了，而我的一家仍累她。阿启已进北京人民大学，宁生也去进共产党的学校，肩下小芸与宝宝，一个已十四岁，一个已十二岁……"

虽然胡兰成说沈凤林当年只是跟他"做做小事情"，其实沈担任过的职务还不少，且皆是文化方面的（下面的"判决书"中会列出）。新政府一来他已被"调到山西被改造"，然而祸还不仅于此。在几件其他的材料里，沈凤林多年后的下场赫赫在目：

1959 年 8 月，沈以"反革命"罪被押，当时住址未变，仍是延安西路三七九弄二十八号，被捕前的职位是"大隆机器厂车间统计员"。判决书指出：

（沈）于 1940 年至 1945 年先后充汪伪中央电讯社助理编辑，杭州分社主任，伪浙江日报采访主任，记者工会理事，民众娱乐审查委员会委员，汪伪"中央宣传部特种讲习会"清乡宣传队分队长，中国青年模范团中队长、大队长、副联队长等伪职；并受伪"中央宣传讲习所"训练两个月。

沈犯于 1940 年在"伪中央讲习所"受训结业后，去日本"参观"，在大阪新闻界召开座谈会上发表反共亲日言论；回国后又参加伪"中央宣传团特种训练讲习会"，沈犯在此期间即充清乡分队长，到苏州等地进行反革命宣传活动；在担任"中国青年模范团"副联队长等职时，亦同样积极进行反动宣传，对广大青年灌输亲日思想，还利用民众娱乐审查委员会名义对各种进步戏曲加以删改和限制。

综上罪行，沈犯在充汉奸时，积极效忠日寇，出卖民族利益，对共产党进行百般污蔑，离间人民与共产党之关系，毒害青年，扩大亲日势力，解放后又长期隐瞒，拒不交代，在证据面前仍百般狡赖，情节严重……

于是判处十年徒刑，解送安徽劳改。三年后，即 1962 年 9

月，沈凤林因肺结核死在劳改场，得年五十三岁。安徽省第三劳动改造管教队在次年3月才填发了一份公函，请上海市公安局通知家属他的死讯及死因，并称尸体已"妥善埋葬于单县马家山"。丈夫下场如此，那半生追随关照胡兰成的青芸，想来亦不会好到哪里了。

> 我抛下子女在大陆，生死不明，也许侄女青芸已经穷饿苦难死了，但是我都不动心。——《闲愁记》

胡兰成的话，似早有预感，读来寒意彻骨。至于子女下落，胡宁生那篇《有关父亲胡兰成》，表弟亦找到给我，不过之前已见《印刻》刊登（2004年7月号，第十一期）。

还有一份"摘录材料"，原件日期是1958年1月，但1970年1月又摘录重抄，内容是关于胡兰成、沈凤林、胡春雨三人，最后还搭上张爱玲。胡兰成的部分摘自上海市文化局于1956年8月抄下的材料；而沈和青芸的部分看起来则像是沈工作单位"大隆机器厂"负责调查和街道里弄"打小报告"人员的口气；提到张爱玲的部分却分明是搞不清楚状况的臆测，才引起我的兴趣。材料原文如下，连标点符号也未改：

> 胡兰成，该人约五十多岁，系浙江嵊县人，汪伪宣传部行政次长，早期托派分子，现于日本作反共活动？与郑介民（军统头子）、徐复观（蒋贼亲信）、何应钦等有关系。原住

上海延安西路美丽园二十八号，目前（指解放后）与上海家中有联系。……（以下注明材料出处，略。）

沈凤林，男，系胡兰成的侄女婿，现在我厂工作，系统计员，我厂三重点分子，历史上与胡兰成一起在汪伪机关工作过，并曾任伪中央通讯社杭州分社社长之职。（该社属中统组织）至今隐瞒不说。沈现住的房子系胡口之旧居，因沈口家中人员多，而每月经济收入仅约七十元左右，因而经济情况困难，解放后香港经常汇款来，后具名是"香港张寄"，而最近二年中就没有汇钱来，但约每隔一两个月，总有一个老头来沈家中，该老头来后，沈口经济就好转了。该老头在五五年十月二日来过后就一直未来，不明下落，故情况可疑，此可疑情况我方有二个推测：1. 胡兰成有个儿子名胡纪元，现住沈家中，在闵行上海电器制造学校读书，是否由胡口寄钱来维持其子生活，还是张爱玲寄来维持胡纪元读书（张是否胡纪元母亲尚不了解）。2. 联系胡口身份有联系的嫌疑可能。

胡春雨，沈凤林之妻，胡兰成之侄女，伪国民党嵊县政工队人员（抗日时），该女与前所述可疑老头有联系。

张爱玲之家庭情况，有否生过小孩，该小孩现在何处？是否是沈凤林处的胡纪元？目前与其子的关系？以及张与胡兰成的关系？解放后张爱玲与沈凤林的关系如何？

以上要求，请你处灵活掌握情况。

胡纪元生于1938年，户籍上记载很清楚，当然不可能是张爱玲的小孩。调查人员如此张冠胡戴，好在张爱玲无从知晓，否则当要骇笑："真是——怎么想得起来的！"

1958 年的旧材料，在沈凤林死后多年又翻出来重新摘抄，可见是"文革"时期"清理阶级队伍"阶段（1970 年 1 月），针对青芸作为"反革命家属"而来的。材料提交上海市文化局专门小组"灵活掌握情况"，想是认为胡、张乃文化人之故。

闻说日本学者滨田麻矢做过青芸口述录音，看到这里，心中不忍；若是那篇录音就在我面前，竟不知想不想听呢。

抗战胜利后美丽园二十八号陆续有别户迁入，如一杜姓任职"中央调查统计局"（中统）的人员一家，1948 年即迁出；另有一唐姓人员亦系中统驻沪办事处的。1949 年后迁入人家更多，形成一幢房子多家住户的普遍现象，不复当年仅房主方家与胡家两户而已。也正因为这样频繁的移动，使得人们（包括多么有心的淳子）无从说清胡兰成的旧居究竟在美丽园的何处。

还有更无意之中的发现：美丽园另一有来头的住户是蒋纬国，住二十号，只有他与当时的妻子石静宜及司机、勤务各一。1948 年才报入，想来只是短暂落脚。在那之前二十号也曾短期住过蔡姓少校、竺姓国府参军处人员等人家。

白云苍狗，几十年间人事沧桑本就难免，又正逢最大的历史巨变——历史飓风将许多人事连根拔起，但从另一方面说，却也因而像急冻冷藏般凝固保存了某些事物的原状。否则若是一来便像过去几年般大规模改头换面，都市"进步"之际却亦难免玉石不分的乱砍滥伐；那么愚园路巷弄、卡尔登、爱丁顿、美丽园……怕是早些年便已灰飞烟灭，迟来的我也不及见到了。我好似赶上古迹销毁前夕亲见最后一眼，印证了一个建构在文字上的记忆时空。

世间许多人事，眼前当下无论何等惊心动魄、悱恻缠绵，数十寒暑之后，亦不免皆成雪泥鸿爪，浮花浪蕊。胡兰成追忆与张爱玲相处的时光，我觉得最生动美好的是一个柳絮乱舞的春日：

> 一日我说要出席一处时事座谈会。她竟亦高兴同去。我们两人同坐一辆三轮车到法租界，旧历三月艳阳天气，只见遍路柳絮舞空，纷纷扬扬如一天大雪，令人惊异。我与爱玲都穿夹衣，对自己的身体更有肌肤之亲。我在爱玲的发际与膝上捉柳絮，那柳絮成团成球，在车子前后飞绕，只管撩面拂颈，说它无赖一点也不错。及至开会的地点，是一幢有白石庭阶草地的洋房，这里柳絮越发蒙蒙地下得紧，下车付车钱，在门口立得一会儿，就扑满了一身。春光有这样明迷，我竟是第一次晓得，真的人世都成了仙境。……——《两地》

又是一个春天，微雨暮色中从美丽园出来坐在咖啡店里，烟雾缭绕的静默之后，我对表弟说：时光流逝世事如烟，你我的书写，目的也无非留住记忆，不让它们风化吧……后来我们走出小店，雨歇了，夜幕低垂，华灯已燃上；环顾周遭车水马龙花月春风的上海，"不论是升华还是浮华"，不论这一切会多快还是多慢地过去，至少，我们见证了一段岁月的浮光片羽，并且记得。

冬日之旅

——从爱丁顿到重华

2005 年只剩下最后两天了。上海竟还不算冷，阴霾的天飘下若有若无的雨丝，是个不大能决定要不要撑伞的冬日。

我又一次来到静安寺附近，愚园路上。不像我住惯多年的四季如春的加州，上海的四季分明；因而我能清楚地记得过去两三年来，在不同季节来到这一带，因着气候带来不同的身心感受。

当然，这一带也像上海许多地方一样，处在急剧的变化中——有的兴旺有的没落，也有经历盛衰之后又传奇般的复苏……静安寺从外到里修建得气派堂皇，香火当然是越发旺盛了；百乐门大舞厅也咸鱼翻身光鲜起来，朋友带我进去见识过，还见到几位过去台北演艺圈的红人，风姿依旧地翩翩起舞。我想要是白先勇笔下的尹雪艳真有其人，说不定也会袅袅婷婷地走进来，与昔年老友叙叙旧呢。

然而光彩依然照人的昔时地标到底不多了。这一带除了新建的时髦大楼傲然屹立，再有的就是扰攘嘈杂的建筑工地，预告着更多的除旧布新。瑟缩在这些旧爱新欢中间，张爱玲的旧居"常

常德公寓及门牌

德公寓"，就更有斯人独憔悴的落寞况味了。

　　每一次来到这幢建筑的面前，都感受到那败落寒伧又多添了几分；比起从老照片上得来的印象——那幢上世纪三四十年代时既摩登又气派的"爱丁顿公寓"，眼前旧楼的形象似乎又差了一大截，简直令人不忍。

　　这大概是我最后一次来看常德公寓了，我告诉自己。

　　因为跟上海市静安区文史馆有过联系，他们很热心地安排人陪同我仔细看一次常德公寓——没有他们，我是连大门也进不去的。

　　今年3月挂上的"张爱玲故居"铭牌，把她的生年1920

错写成 1921，已在 9 月重新换过——2005 年 9 月 30 日，张爱玲八十五岁冥诞那天，静安区文史馆在常德公寓举行"张爱玲八十五周年纪念封首发式"，将修改后的铜牌重新挂上。对于第一次把生年写错，他们解释是根据上海辞书出版社的《上海名人辞典》中的"张爱玲"条目，没想到辞典竟是错的。对这件事文史馆的人员还显得耿耿于怀，我说这也怪不得你们，张爱玲到底"回家"还不太久啊。

有了文史馆先打招呼，这次不但进得了常德公寓的大门，连那位据说对闯入者极不客气的开电梯的阿姨，也笑眯眯十分和气地指点带路。本来联系好了五楼五十一号——张爱玲第一次住进来的单元，屋主答应让我们进去看看；怎料前一天邻近工地拆楼爆破时震响太大，屋主老太太受了惊吓病倒，临时告知不能见客了。其实张爱玲第二次住进的六楼六十号，才是她创作生命中最重要的居处。可惜屋主出国去了，刚装修完毕的大门深锁，当然早已不复是被牵情惹恨的人轻叩过的那扇门扉了。

公寓布局是一梯两户，电梯出来右手边那户是 60 室，左手边是 61 室。胡兰成写的是 65 室，后来我读到的几本书里也这么

"张爱玲故居"门牌

令人发思古之幽情的电梯指针

常德公寓楼梯间。从楼梯往下走到六楼，右
手边那扇门便是60室

写，还有一说是605室，可见号码曾经改过。然而当年她的户籍
上记载的就是60号，我看到时还以为是户籍誊抄员的笔误，现
在明白其实是对的。（户籍图像见《浮花飞絮》一文）电梯近年
新换过，已没有旧式的铁栅拉门；门上方半圆形有指针的楼层显
示表也已废弃，不过还留在墙上没拆，让人发点思古之幽情。

　　楼梯间的外头也有阳台，我走出去凭栏眺望，想来跟屋主看
到的也是同一景色吧。早些年常德的门禁还没这么森严，有些张
迷和研究者进屋里看过，几无例外的都提到阳台，描述从那儿看
出去的景色……那还是十多年前的上海，80年代末90年代初，
这一带的变化还不大，他们眺望到的虽已不复当年风景，至少还
有景可观。到了新世纪，待到我来时，四面八方的高楼已建得密

不透风，连想象的空间都所剩无几了。

胡兰成回忆那时"两人在阳台眺望红尘蔼蔼的上海，西边天上余晖未尽，有一道云隙处清森遥远……"然后他预言"时局不好，来日大难"，张爱玲听了很震动。六十年过去，仍是这处地方，但眼前的风景已完全不是当年任何人可以预见的了；他们若回来目睹，又会是怎样一种震动？此刻我眼下所见尽是开肠破肚的工地，再远一点便是新楼房遮蔽了这"红尘蔼蔼的上海"。从爱丁顿变成常德，而今被遮天蔽日的钢筋水泥大楼环伺，这栋楼见证了七十年的悲欢与无常，而过去十年间的变化才是最最仓促的：上海的繁荣华丽再度重现，才得以行有余力关照已然蒙尘的常德，把它列为"市级优秀历史建筑"；却也正是这令人目眩的新一波繁华浪潮，让常德也终将难逃周遭旧楼变成瓦砾的命运。"个人即使等得及，时代是仓促的，已经在破坏中，还有更大的破坏要来"，证诸常德公寓这幢历经沧桑的建筑，竟是可怕地贴切了。

离去前我忽然想到屋顶。张爱玲写她这公寓的屋顶花园，常有孩子们咕滋咕滋地溜冰；《心经》里小寒住的地方一定以这幢公寓做样本，我想看看"这里没有别的，只有天与上海与小寒"——不，"天与张爱玲与上海"的遗址。可是管理的阿姨说现在根本不能上去了，一踩，地面都会软陷，更别提什么花园了。

在这幢楼里，我一直努力试图把时间拉开，提炼出空间，还原对象的原貌旧容。但是巨大的时间始终挡在我和每一样幸存物之间——物是人非，而每一件物都已陈旧不堪，用想象力还原真是一件太吃力的事。

从公寓里出来，文史馆的杨馆长指着不远的一处小花圃说：以后会在这里竖一座张爱玲塑像。又指向对街的一排西式层商业楼房道：希望能在对面开个张爱玲书屋、画廊、张爱玲咖啡馆……站在张爱玲的铭牌下，他诚恳而热切地谈起这些计划。

我不无惘然地想：张爱玲终于回家了，但迟了这么些年。虽然"成名要趁早"，回家还是不能太早——可是，居然这么晚……好在她是不会在乎的了。张爱玲原是乱世的佳人，而今的世道是另一种乱法，已经与她无涉了。早在《我看苏青》里她就写过这样的话："我一个人在黄昏的阳台上，骤然看到远处的一个高楼，边缘上附着一大块胭脂红，还当是玻璃窗上落日的反光，再一看，却是元宵的月亮，红红地升起来了。我想道：'这是乱世。'……我想到许多人的命运，连我在内的；有一种郁郁苍苍的身世之感。……将来的平安，来到的时候已经不是我们的了，我们只能各人就近求得自己平安。"

1947 年 6 月张爱玲在爱丁顿写下给胡兰成的诀别信，9 月离开搬到南京西路的重华新村。半年后胡兰成从温州回来到这里找她，当然是人去楼空。60 号应门的人已是个陌生妇女了。

张爱玲在重华的具体地址，据她弟弟张子静说是"重华新村二楼十一号"，在梅龙镇酒家弄堂里。我曾照着这条线索去那弄堂里找，但漫无头绪，根本不知何从寻起。读过几篇查访考证重华旧居的文章，至今也没有人说得上究竟是哪一栋哪一间。

文史馆的朋友说已经联系好重华新村的街坊委员会，虽然具体门牌号还不确定，可以过去看看，问问那儿的老邻居，说不定

会有意外收获。重华就在南京西路上，那时还叫静安寺路，可见离这儿不会多远，馆长说我们就慢慢走过去吧！这个提议正合我心。于是半个多世纪之后的这个冬天，我们循张爱玲和她姑姑的迁徙足迹，从爱丁顿跟踪到了重华。

　　细雨中撑着伞慢慢地走，一路上还讨论门牌号的疑问。文史馆信息史料部的夏主任，是一位非常细心认真的数据专家。他找到了一份静安寺路的旧地图，上面有重华当时的门牌号码；循着这份编号，他谨慎地推测对应的新号码。我一边听他们谈论，一边打量这条今日上海的黄金地段：先是经过早年的哈同花园，后来的中苏友好馆，即现在的上海展览馆；路上两边放眼望去，几乎全是最高级的大酒店、欧美的名牌精品店和豪华别致的餐饮商店。走过"凯司令"咖啡馆，隔不多远有一家高档时装店，他们说就是昔时的西伯利亚皮裘店。小说《色，戒》的真实原版——女间谍郑苹如试图安排刺杀汪政权特务头子丁默邨，就是用了美人计，把他骗到西伯利亚皮裘店为她挑皮大衣的；而《色，戒》里则是女主角王佳芝先约了暗杀对象"易先生"在凯司令咖啡馆碰面，然后一道去买钻戒……原型和小说的现场，都在这条街上的这一小段发生。张爱玲的世界空间其实不大，但竟然可以拉得这么深远，而时间又持续这么长……

再走不多一会儿就到了。进了梅龙镇酒家的弄堂，南京西路一〇八一弄，朝左拐有一排三层楼的公寓房子，他们说这就是重华公寓了。相较之下，常德虽已败敝，还能从外观设计、电梯、旧物的细处——像扶梯、门洞、消防栓等小地方窥见当日的等级；而重华却是狠狠地降了级，就算还原成全新，跟爱丁顿的差距也是太明显了。这短短一段路，当年姑侄俩走得辛苦啊。

又是亏得文史馆预先打的招呼，居民委员会的两位阿姨大嫂出来热心帮忙，说有一位九十八岁的老太太，在这儿住了几十年，人清楚得不得了，也许她听说过张爱玲，记得她住哪一栋……于是登楼敲门找她聊天。老太太跟居委会的大嫂挺熟，礼貌地延我们进门，一听说我从美国来，就跟我用流利的英语对话起来。原来她的父亲陈琪，光绪年间被慈禧太后派赴欧美考察博览会，后来成为中国举办大型展览会的创始者。老太太是位退休医生，房间里有好几幅她年轻时的照片，穿着旗袍，气质雍容优雅。她说未曾听过张爱玲这名字，抱歉帮不上忙。我原就不曾指望问到什么，倒是想既然有缘见面交谈，就要求跟她合照；老太

重华公寓，9 号的大门，从前的 11 号　　重华的张爱玲故居——就是这间，张爱玲
　　　　　　　　　　　　　　　　　　和姑姑，连她的母亲，都在这里住过

太欣然同意，随即起身梳头，扑上淡淡的粉，涂上浅浅的口红，并吩咐女佣取来一条丝巾系上……众人皆点头赞叹：这就是上海那时候的淑女风范啊！我对文史馆长打趣道：在你们静安区，随意走进一户人家，就是有来头的。

　　这时，听到信息史料部的夏主任在门外兴奋地说：找到了，找到了！我向陈老太太道谢告辞出来，跟随夏主任下楼再走进隔壁一栋的大门。原来他从旧地图的 1、3、5 号大门数下去，根据张子静告诉季季说是二楼 11 号，就是第六个大门口，那 11 号现在变成 9 号，二楼单元该是九 A。叩那个单元的门，没有人在家，进不去；只好叨扰隔壁人家，说明来意，那家的女主人也很客气，让我们进去四处看看。两户紧邻的单元，大小和格局应该是相同的；从 1947 到 1948 年，张爱玲的母亲也来和她们短期住过——三个人住这儿，确是嫌逼仄了。

我要求到临街那间房的窗口看一眼南京西路。据说 1949 年 5 月解放军进城，就从这段路上走过。张子静记得她们是 1948 年底搬走的，但有研究者说张爱玲在重华公寓的窗口看过解放军进城。如果后者说法是真的，张爱玲就是从紧邻的隔壁那个窗口看到那幕历史镜头，"观点"跟我现在应是很接近的。那一刻，她心里在想什么呢？

从张爱玲的著作表上看得出，她在重华的那一两年里没有写出（至少没有发表）任何作品。离开重华，她们搬到帕克路（今黄河路）上的卡尔登公寓，现叫长江公寓。长篇《十八春》是在那里写成的。两年前也是一个冬天，我去长江公寓看过，在 301 室前徘徊了一阵，今昔之感却远不及这回强烈。

1952 年 7 月，张爱玲从那里离开了她"还没离开家已经想家了"的上海，永远没有回来。

一路上，我一直思索时间和空间的问题——这一个冬天的上午，我在同一个空间徘徊，而时间已经逝去了一大截。我与张爱玲从未有过同一时空的交集，我似乎总是在很长的时间之后，才赶到一处她的昔日的地方；明知人去楼空，却总像偿愿般要看上一眼。而其时满目所见，不是陈旧破敝如常德、重华，甚至卡尔登……就是翻新不复旧面目，像周遭的新建大楼、名牌精品店充斥的南京西路。来到这样的空间，我在寻找什么？我还能找到什么？想到艾略特《圣灰星期三》里的诗句：

因为我知道时间永远是时间

而地方永远且只是地方

所谓真实的只在某个时间

只在某个地方才是真实的

　　是的，"真实"只存在当时当地，到了下一刻、下一站便是回忆。站在遗迹残址上，我并非试图借实地还原，那无异于刻舟求剑。我的涓滴找寻求证，说起来是为了印证她的历史足迹，其实，更是借此向那位曾在另一时空打动我的文字书写者致敬——愿那颗灵魂已结束漂泊，回到她深爱的城市，永远安息。

布什街 645 号

我虽说是住在旧金山湾区，其实斯坦福的住家离旧金山城颇有一段距离，平日无事也不会时常"进城"。到了城里，也要视去到哪区为着办什么事，因而布什街（Bush Street）上的张爱玲故居，总要隔上三五年甚至更久，才会经过一次。

不久之前正好在附近有约，便信步走到布什街，用手机对着那栋建筑拍了几张照，回来对比二十年前拍的照片（记得是张爱玲辞世之后不久），公寓楼房的模样至今还是没有改变，也丝毫不显得陈旧破败，依然保持着几十年来的外貌与"身份"。正对面那条纪念侦探小说家汉密特的小街（Hammett Street）的路牌也仍然竖立着。旧金山真是个最能保存记忆的城市。

1959 年 5 月，张爱玲与丈夫赖雅（Ferdinand Reyher）从洛杉矶迁来旧金山，在布什街 645 号公寓楼租下一个单元，住了两年多。这是一栋五层楼赭色砖的公寓楼房，虽然少说也有七八十年的历史了，但依然整洁美观；白色的巴洛克式雕花拱门和铺着

布什街 645 号近照

大理石的门厅，看得出昔日的气派和精致。与她上海故居现今的陈旧破败相比，时间在旧金山似乎是凝滞的。

就是在这里，张爱玲开始写自传性的长篇小说《小团圆》，却是待到整整半个世纪之后这本书才"出土"面世。

布什街夹在斯托克顿（Stockton）街和鲍威尔街（Powell Street，老华侨称"跑华街"）之间。鲍威尔是一条坡度甚陡的繁华大街，旧金山最有特色的缆车来来去去，车掌快乐地敲着铃，从布什街也能清楚地听到一两条街外缆车叮叮当当的铃声——不知会不会唤起她对上海电车的记忆，让她在似曾相识的市声里入眠？（她在《公寓生活记趣》里写过，她喜欢听市声，要听着电车响才能入睡。）更不知迟眠的她，深夜听着金门桥畔港湾传来阵阵凄怆的雾号，又会兴起怎样的感触？

布什街之南、鲍威尔街之西是剧院区，当年他俩在那里看过赖雅的知交、戏剧大师布莱希特（Bertolt Brecht）的《三便士歌剧》。故居对面那条"汉密特"小街，是旧金山市十几条以文学家和艺术家命名的街道之一；"硬汉派"侦探小说作家戴希尔·汉密特（Dashiell Hammett）在20世纪20年代曾住在这条街上，以旧金山为场景，写出智勇双全的私家侦探San Spade的脍炙人口的故事。他的名著《马耳他之鹰》（*The Maltese Falcon*）被改编成同名电影（导演约翰·休斯顿［John Huston］也是赖雅的朋友），至今仍是美国"黑色电影"的经典作品。张爱玲生前酷爱阅读赖雅戏称为"垃圾"的美国侦探小说，住屋正对着汉密特故街，也算是冥冥中的因缘巧合吧。

从她的公寓下坡步行不用几分钟，就可以从都板街（Grant Street）的中国城牌楼进入华埠了。张爱玲研究者司马新在《张爱玲与赖雅》一书及《外一章》里提到：赖雅在离家不远处另租一间小办公室，张爱玲则在家工作，闲时常去中国城，到图书馆借中文书，或走到"花园角"休闲广场，看中国老人打麻将。非常难得的，她还交了一位谈得来的美国女友爱丽斯，两人经常会面，同去都板街买中国点心吃，有时还走得更远，到"北滩"（North Beach）意大利区的华盛顿广场公园，坐在公园的长凳上谈心。

有一回，张爱玲难得地向艾丽斯提到自己"40年代的婚姻"、前夫对她的背弃，并说了这样一段话："他离开我之后，我就将心门关起，从此与爱无缘了。"（司马新：《张爱玲的今生缘——〈张爱玲与赖雅〉之〈外一章〉》）那时她还交朋友，还会对女友提及

对门"汉密特"小街的路牌

旧金山"北滩"的华盛顿广场公园

张爱玲洛杉矶西木区
Rochester 街的公寓,
她在此辞世

往事；赖雅去世后，张爱玲真的是把心门完全关闭，离世隐遁了。

住在这间公寓的日子里，张爱玲完成了《荻村传》的英译和剧本，开始写《小团圆》以及电影剧本。她在这里入籍成为美国公民。还有，好友炎樱曾来这里探访过她。司马新认为，这段日子该是她"十一年婚姻最愉悦的时期"，想来是不错的。

美好的日子总是未能长久。1961 年秋，张爱玲离开旧金山，独自经过台北去到香港，收集写作材料，替香港电懋电影公司撰写电影剧本；赖雅也只身回去华盛顿，等到次年 3 月张爱玲离开香港过去与他团聚。五年后赖雅病逝。1969 年，张爱玲再度来到旧金山湾区，却是去了一湾之隔的伯克利，独居在杜兰街上的公寓里。1972 年迁至洛杉矶，终老。

她永远没有再回来这里——旧金山布什街 645 号。

湘行漫记

我旅行过许多地方，多半是为了一些非去不可的原因，但也有些只是路过，或者碰巧由于一些因缘际会而去。只有极少数几处特别的地方，是我执意要去的——湘西就是多年来我一直向往着，愿意专程走一趟的地方。

记不清有多少年了，我会看着湖南省地图，眼光从洞庭湖往西，沿着一条河流，朝西……直到一处叫作凤凰的地方。

凤凰。作为一个地名就已经充满神秘的美感，更因为一个人的文字而变成一种乡愁的召唤。那是沈从文的家乡，从那里开始了沈从文笔下的世界：湘西，沅水，凤凰，边城……

而且，那已不仅是中国现代文学的地标名称，那里还是数千年华夏湘楚文化的源流与传承。

阅读文字和人生越多，就更能体会沈从文和他的世界，从自然的荒野中看见人性和美，从悲伤无奈中体会同情与宽容，从残酷的生命里写出悲悯和温柔。可惜我没有更早认识沈从文的文字——在台湾的年代读不到，到了美国补课三四十年代的大陆作家，他也被掩盖、湮没了许多年，迟迟才像出土文物般被发掘出来，让我感到相见恨晚的遗憾。

1987年7月，沈从文在世间的最后一个夏天，我去北京看他。那是第一次也是最后一次见面，在那之前的好几年，每到北京就想着见他，但他已不跟来访者谈文学了，我迟疑沉吟很久，怕自己的造访会打扰老人的心绪。终究还是求见，他也愿意见我，可惜那已是他中风之后，言语行动都有些困难了。

后来回想，与他见面的那一个多小时里，愉快还是多过感伤的。我告诉他和兆和夫人，《边城》和《贵生》都早在50年代——他备受打击、除了批判者没有人愿意提起的那个年代，香港已将两篇小说改编成电影，而且大受欢迎：《边城》就叫

1987年夏，北京，沈从文与李黎

"翠翠"，《贵生》用了"金凤"的名字。电影里的主题曲和几首插曲是我小时就听会了的，长大了竟也没忘，我把歌儿唱给他和兆和夫人听，博得二老一粲，那是最难忘的时光。

临别时我在他耳畔说："您说过：'我和我的读者，都共同将近老去了。'可是，您看，您的读者永远不会老去。"

兆和夫人给我一包茶叶，说是离家乡凤凰不远的一处叫"古丈"的地方产的。从此，湘西的那些地名始终召唤着我。终于准备上路时，我再取出他关于湘行的文章，随着他的文字先走一趟。

从河之北到湖之南

1934 年 1 月，住在北京的沈从文回故乡湖南凤凰探望生病的母亲。他乘船在湘西沅水回家的路上，沿途写出散文《湘行散记》和家书《湘行书简》；书简是写给新婚才四个月的妻子"三三"——合肥四姊妹中排行第三的张兆和的。

沈从文用四天时间从北京乘火车经河南、武汉到长沙，接着乘汽车经常德（武陵）到桃源；然后走水路，从桃源逆沅水上行走了九天，到浦市登岸后住了两夜才到达家乡凤凰。回程的下行船快，二十四小时就走完了六天的上行水路。

冬日迟缓的水路令他不耐，但也给了他充分的时间书写，甚至写生画风景。

1956 年沈从文的湘行之旅改走陆路：12 月 12 日从长沙乘车出发，过湘江，次日过桃源朝沅陵（即辰州）进发，再次日到吉首，停留三天，18 日就到了凤凰。

2012 年春天我做了向往已久的湘西之行，可惜的是我无法循沈从文 30 年代写出《湘行散记》和《湘行书简》的那条水路，而比较近于他 50 年代那次出公差的陆路。当然，同样的路线，半个多世纪之后走起来是简短便捷太多了。

4 月下旬来到湖南之前，我先去了上海，然后山东、北京（河北），忽然发现这些地名都是自然方位：海之上，山之东，河之北，最后来到湖——洞庭湖——之南。

一路上笔记的形式虽然近于沈从文的旅途散文，但我只敢称自己写的为"漫记"。沈从文的《散记》和《书简》中一一提到的地名，我都在地图上寻找过，多数找得到；找不到的地方可能是太小了，地图上没有，也或许已经改了名。

原本的计划是到北京与女友伊文会合然后西行——她想去四川，我想去湖南，于是达成协议，我先陪她去重庆，然后她陪我去湘西。所以我们的路线是由重庆到凤凰，至于到了之后再走些什么地方、怎么走，就到时再说吧。伊文跑遍世界各地，连不丹和冰岛都深入探访过，与这样的人结伴做带点冒险的自由行，是再合适不过的。

可是人算不如天算，伊文到了北京不久就身体不适，最后不得不取消整个旅行计划。而我万里迢迢从美国飞到，实在不甘心转回头去，于是决定一个人上路。但临时得改变行程：既然不用陪她去重庆，我就可以直接从北京到凤凰。可是怎么去？请教了几位常出门的朋友，竟然没有一个能说得清楚，多半建议我参加张家界搭配凤凰的旅行团，既简单又安全。但我不想花几天时间去张家界，更不想参加旅游团。上网查了所有能查到的信息，最后得到的结论是：飞进长沙，然后乘车过去是最简单的方式。

我想到认识长沙一位曾经在斯坦福做过访问学者的杨教授，于是发了一封电邮请教她从长沙乘车到凤凰是否便捷妥当、是否需要预先订票等当地人可能提供的讯息。没想到几个小时之后就收到她的回信：我要去的那几天她正好有空，可以陪我一路从长沙去凤凰！

停车坐爱，惟楚有材

小时候父亲的同事中不乏湖南人，那个年代的人当然保留着乡音，因此我对湖南口音感觉一直很亲切。后来好朋友里也有不止一位是湖南籍的，对这个省份更有好感了。

亲身经验之外，还有文学上的。一直觉得中国各省里最美的省名是"云南"，而最美的省名简称便是湖南的"湘"。任何与"湘"字相连的词和意象都美：潇湘、湘灵、湘云、湘女……几乎每一个名称都有传说、故事、诗词歌赋小说散文的典故和联想。这里又是古时的楚地，而"楚"也是个给人美好文化联想的地名。

可是我竟然从来没有到过湖南。

北京到长沙，当年沈从文乘火车经河南、武汉到长沙耗时四天的路程，我只用了两小时二十分钟的飞行时间，准点到达。长沙刚下过雨，一踏出机场就感觉那份潮湿，心想果然到了"楚山亦瘴疬，湘水多幽灵"的幽湿楚地了。

可是其后看到处处山色青翠水色秀碧，尤其越往湘西行去，山林树木越发苍翠欲滴，"瘴疬之地"的名称应该改送给那些终年空气污染、乌烟瘴气的大城市吧。

　　杨老师也是一位湘女。她安排我住她任教的湖南农业大学招待所，房间比一般的旅馆大一点，中间一张大方桌，上面铺着印了"国粹"两个大字的红色桌布，我好奇揭开一看，竟是一张自动化洗牌的麻将桌——我这间大房间原来是一件麻将房。杨氏湘女笑道：长沙人钱虽不多，可很会享受生活，很多人周末开房间打麻将，连大学教员也不例外；招待所普通房没有了，所以让我住麻将房，反而宽敞些呢。

　　长沙停留的时间很短，我只想看看岳麓书院。"惟楚有材，于斯为盛"是书院正门著名的对联。千年书院，好大的气魄，怎能过门不入？

　　岳麓山和繁忙的长沙城中心隔着一道湘江，过桥时我特意留心，虽然这一段江水浑浊且车行匆匆，然而关于湘水的美丽传说和诗句那么多，尤其两千三百年前，楚国诗人屈原在这里行过他生命的最后一段：他下沅江，入洞庭，渡湘水，到了长沙附近的汨罗江投江自尽……神话与文学在这里汇流，可惜我只能匆匆一瞥。

　　杨老师找了她学校的同事，另一位湘女宴老师开车带我们上岳麓山。现在岳麓书院是湖南的著名景点，而书院划归湖南大学校区，于是大学与景区并存，学生与游客同行。假日游客熙攘，开车停车都不容易，好不容易找到停车位，还得走许多路。沿路小吃摊林立，生意火红不输台湾夜市。

庄严雅静的岳麓书院

　　没想到著名的"爱晚亭"就紧邻岳麓书院，于是顺路先看名亭。杜牧《山行》里的两句"停车坐爱枫林晚，霜叶红于二月花"让这座亭子也变成人气甚旺的景点。其实亭子的建筑本身没有什么特别，加上被漆得红红绿绿，里里外外挤满人，诗意荡然无存。倒是周遭果然有许多枫树，有些枫叶不待霜降，四季长红，也有一点"二月花"的意思，想象秋天当是"万山红遍，层林尽染"了。

　　相比之下，岳麓书院雅静得多。粉墙修竹，黑瓦青苔，加上处处可见的古碑，很有千年书院的庄严气质。还有个年轻人在无人的碑厅里吹洞箫，箫音袅袅飘绕在古老的庭院里，带出一份时空悠远之感。

两位湘女发挥辣妹子本色，带我吃了一桌湖南菜。原先自以为还能对付辣子口味的我，被呛到狼狈不堪，自此领教了正宗湘菜的厉害，以后在湖南的几天，绝口不敢说自己能吃辣。

在麻将桌旁的床上睡下，半夜忽然有人敲门，我惊问找谁，门外人问："打麻将吗？"方才想起自己住的是麻将间，简直啼笑皆非。

路过桃源

5月的第一天，走上往凤凰之路。这是难忘的一天，也正好是我的生日。

沈从文在一个叫作"兴隆街"的地方停船时，在家信里提到那天是他的生日：1934年1月14日。沈从文生于1902年十二月廿八日，那是阴历，换算成阳历就是1903年1月（原来沈从文是摩羯座的），所以那天他满三十一岁。多么巧，我竟然像当年沈从文一样，在湘行路上过生日。

辞谢了辣妹子一大早吃"风味早餐"的提议，我宁可多睡一会儿——昨晚那位麻将发烧友来打门时已过午夜了。

我和杨老师两人轻装顺利上了长沙到凤凰的旅游大巴士。车子几乎全满，幸好我们昨天就买好了车票，而且是对号入座。乘客看起来大半是当地人，少数几位外省口音的年轻人，想是自由行的背包族，老外则一个也没有。开车前有麦当劳的店员上车来兜售早餐，生意当然奇佳，真是聪明。我平日虽不帮衬他们，今天却很感激，因为正需要一杯咖啡。配上杨老师带的新鲜面包和水煮鸡蛋，正是一顿简易的旅行早餐。

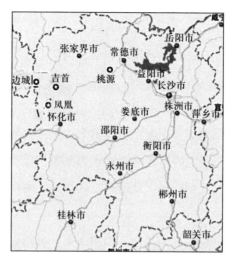

湖南地图：从长沙到凤凰要经过桃源。当年沈从文
从桃源走水路回家乡

从长沙到凤凰四百公里，需时五小时。几年前，这段路要走
上八九个小时，现在长沙到吉首建了高速公路只要四小时，吉首
到凤凰那段路虽不长却是山路，所以要走足一个小时，据说不久
以后也要建高速了。

一路入眼皆绿，也有不少隧道，可见山之多。路修得好车走
得稳，我用 Ipad 看小说，座位的逼仄倒也没有变成大问题。两
个小时之后停车休息，一看地名赫然是"桃源"——真的是陶渊
明写过的那个桃源，武陵就在附近。

沈从文当年到了长沙之后，也是乘汽车到桃源，然后开始他
九天的水路。在《湘行散记·桃源与沅州》里他写道："桃源洞
离桃源县二十五里。从桃源县坐小船沿沅水上行，船到白马渡

时，上岸走去，忘路之远近乱走一阵，桃花源就在眼前了，那地方桃花虽不如何动人，竹林却很有意思。"还有，"至于住在那儿的人呢，却无人自以为是遗民或神仙，也从不曾有人遇着遗民或神仙"。虽然是带着点讽刺口气的老实话，游客们还是把此地当成桃花源旅游景点，照来不误。

沈从文在那里买了十颗"桃源名产"——鸡蛋，还想带一颗回北平给太太。我已经吃了水煮鸡蛋当早餐，无法"帮衬"此地的土特产，不过在回程停经此地时，还是买了两枚桃源茶叶蛋当晚餐。

从这里可乘船去湘西凤凰，四川酉阳，贵州铜仁。在这种小船上的乘客，最早有记载、最有名的，就是屈原了。他最后的放

到凤凰的路上，翠绿水灵

逐之路，就在这些山水林间。

从吉首到凤凰开始走山路，景观也不大一样了，仿佛要渐渐走进"楚辞"里奇花异草和山鬼水灵的世界。绿色更绿，真的是鲜得滴着水——仿佛是翠绿的水。路边若不是苍翠的山林就是绿汪汪的水稻梯田，戴着宽边草帽的农人跟在慢吞吞的水牛后面犁田。天上总是飘下若有若无的雨丝，车窗上浮着隐隐雾气，我还是忍不住隔着车窗照了几张相。

走陆路就听不见沈从文笔下描述的流水，船的轧轧声，说野话的水手、纤夫，吊脚楼上的妇人的召唤，摇橹人的歌声，两岸雀鸟的啼叫……但那些都是过去的声音了，就算这天我走的是水路，我想除了流水，也听不到那些让沈从文入迷的河上的生命之歌了吧。

凤凰的沱江水

几乎每个伟大的小说家，都有他用文字建造的一个世界，而那个世界往往是他生命中最重要最难忘的地方：故乡。乔伊斯的都柏林，福克纳的密西西比，帕慕克的伊斯坦布尔，张爱玲的上海……

沈从文的世界是湘西。他的故乡是凤凰。

来到凤凰之前，从风景图片上看到的影像多半是那条流过城里的河：沱江，江上的小船，以及沿江两岸的吊脚楼……太美了，简直不像真的。

我暗暗下了决心：去凤凰，一定要住在一间临江的客栈里，推窗就是真实的沱江，景色迎面而来。

可是一路上都不敢确定这个心愿是否可以达成。虽然有杨老师接应，我对凤凰之行心里还是不很踏实。杨在长沙居住工作了许多年，却从未到过凤凰，令我有些担心她人生地不熟，连凤凰土话都不能全听得懂，又逢上假日，真能一切顺利如愿吗？她倒是胸有成竹，打了几通电话，就联系上两位吉首大学的教授，夫

凤凰的沱江。我住进了临江的客栈

妻俩都是凤凰人，这几天正好回凤凰，可以为我们做向导。

见到这对一瘦一胖的夫妻，两人气定神闲、一派轻松又亲切的神态让我即刻安下心来。一副乐天心宽模样的妻子姓贺，是位兽医；清瘦温和的丈夫姓滕——我当即想到沈从文写过一句"照例姓滕的船主"，表示沅水上下的船主们姓滕的居多，可见滕姓在当地是个富旺的大姓；还有沈从文小时的寄父（干爹）也姓滕，是个卖卜算命的医生，开了一家"滕回生堂"。这位滕先生当然既非船主也非医生，他的专业项目是农业方面的。他俩的亲戚在凤凰从事各行各业的都有，安排参观景点自然不在话下；最难得的是这几天"五一"旅游高峰期，居然为我们订到了临河的旅店！

从虹桥上眺望美丽的沱江。沈从文一半的骨灰就撒在江水里

而且——我不敢相信自己的耳朵——他们可以安排亲戚开小车带我们去沈从文笔下的"边城"玩，然后把我们一路送回吉首，我和杨就可以从吉首乘巴士回长沙了。

这样的好运气是我原先完全不敢奢望的，简直就是祝福人时说的"心想事成"，而有些安排是连想都还没想到就已经成了……真不知道是怎么回事，好像是冥冥中有什么助力似的。这三位沈从文的老乡就像是从湘水里冒出来的湘灵，完全没有在我意料中地出现在我的湘行路上，陪伴我，照应我。

因为这对凤凰夫妻，我们就顺利住进了沱江河边上一家两层楼的客栈。房间在楼上，正对着这条河最热闹的一段。

见到凤凰的第一个印象，就是一个城镇几乎全沿着一条河在生活。来到沱江河畔，幸好我已经有了心理准备：今天的凤凰已经是个旅游景点了，即使不知道沈从文的人，也会从张家界顺路来看看古老的少数民族风情，就像看云南的丽江古城一样，所以我并没有被眼前络绎不绝的游客和震耳欲聋的酒吧音乐吓倒。我相信，给自己多一点时间，走出这段最热闹的河边，我会看到凤凰的原来面貌。

眼光越过扰攘热闹的人群，我静静眺望温婉的河水——此刻眼中只有那河，那水……我的眼睛渐渐模糊了。

沈从文的骨灰，有一半埋在凤凰城外听涛山上的墓地里；另外一半，就撒在这片沱江水中。

风雨桥和吊脚楼

看老照片，沱江的两旁本来都是吊脚楼，河侧有水车，河上有座美丽的"虹桥"，沈从文也为虹桥拍过照。虹桥是一座风雨桥——顾名思义，"风雨桥"就是桥上有建筑，可为行人遮风蔽雨。这种桥在中国的西南几省特别流行；许多风雨桥的建筑已经超越遮风蔽雨的用途，而发展到美学和商业功能去了。

就像虹桥，不仅三孔桥的造型优美，桥上的两层楼建筑还有亭塔飞檐，朴素而典雅。走在桥上——应当说桥"里"，两旁有各种店铺，中间是长廊式的走道。"那是一个社会的雏形"，沈从文写道，这些店铺让他明白了各种行业，认识了各样人物。可见虹桥就像意大利佛罗伦萨的老桥、威尼斯的丽雅托桥，除了交通之外还有商业功能，甚至成了当地的建筑和人文地标了。

沱江的水车和跳石"桥"

今天的沱江河上除了虹桥还有其他几座桥，有的大到可以行车，有的小到仅容一人踏过，甚至还有一道全是由方形跳石排列成的，旁边一座大水车。有趣的是：越是小的桥，游客越喜欢走在上面，而且免不了驻足照相，造成小桥上的交通堵塞。好在走独木桥的人都是悠闲的，赶路的人自然会走他们的阳关道。

沈从文笔下的世界，若不是在水上讨生活的，就是沿着河水生存的；而那些临水的人家，谁不住在吊脚楼里？"贯串各个码头有一条河街，人家房子多一半着陆，一半在水，因为余地有限，那些房子莫不设吊脚楼。"吊脚楼里有平常过日子的人家，也有让水上行船人眷恋的女子。那些大半条命悬在水上的男人，一辈子挣到的钱也不够他娶妻生子，一旦靠岸，便把辛苦挣来的微薄工资投入一夕之欢——吊脚楼上的女子就是他质朴的爱恋对象。而那些从乡下来从事这古老行业的女子，也许是穷人家的媳妇，就像《丈夫》那篇小说里那个温顺的妻子；也有像《柏子》或者《一个多情水手和一个多情妇人》里那样的又缠绵又泼辣的女人。她们都是社会最底层的妓女，但从来没有人像沈从文这样，用这等温柔宽容来描写这种感情。坐在城市书房里的作家，从来不曾这样贴近这些人的生死悲欢，只有这个从十五岁就在河上行船的男孩，怀着对这些善良乡亲不可言说的温爱，为他们写下一篇又一篇关于行船的人和吊脚楼的故事。

原先我还天真地以为临河客栈都是传统的吊脚楼，待来到沱江边最热闹的这一段，就知道住吊脚楼是不可能的：这一带的吊脚楼都已经改建成一般的楼房，退到临河步道的后面，开作旅店

乘船穿越虹桥的桥孔

充满故事的吊脚楼

从我的客栈看到的清晨沱江景色

或餐馆了。不过老实说，若真让我住进那颤巍巍的、半间房是靠几根柱子撑在水下的吊脚楼里，夜里恐怕也不能安心睡觉吧。

我们住进贺老师亲戚安排的客栈里，两层楼的旅店看起来新且干净，房间很小，卫生间更小，但有个可爱的小阳台；最不可思议的是房里居然有一台可以上网的计算机！

小阳台把客房的空间扩大了，把室内和室外连在一起，把沱江水带到我的面前了。阳台上摆着一张木桌两把木椅子，可以坐着眺望河景，像欣赏流动不息的画面：河上画舫般的游船；停泊在岸边的小渔舟上有几只懒洋洋的鱼鹰；傍河的石阶上也总有几个妇人就河水洗衣，还用木棍捶捣；水边不乏垂钓客，除了钓鱼还可能捞获淡水小龙虾、田螺之类的水产；河边步道上游人和小贩走动不绝互动频密；还有拍婚纱照的、出租苗族服装头饰供人拍照的，甚至出租猎人装、土匪装（源自颇受欢迎的电视剧《湘西剿匪记》）……无奇不有，加上酒吧里慷慨地传出来的流行歌曲，整个像一场嘉年华会。我想象如果沈从文今天回来，还会认得出故乡的面貌吗？

或许保留纯净的记忆，生活在那份记忆里面，才是让自己的所爱不会变貌的唯一方法。"那地方我是熟习的，现在还有许多人生活在那个城市里，我却常常生活在那个小城过去给我的印象里。"沈从文很早就这样说过了。

以为到了晚上这里会安静下来，不幸正好相反。夜幕低垂之后，人声笑语未断，临河店铺五颜六色的灯光闪烁倒映在河中，客栈周边的酒吧和卡拉OK更加来劲了，把音响放大到震耳欲聋的地步……凤凰消失在夜色中，这里完全变成了一个伧俗吵闹的观光区。

我从阳台逃进房里，紧闭门窗，但震人耳鼓的音乐还是汹涌而来——那根本不是音乐，是荒腔走板的卡拉OK演唱加配音，这就更折磨人了。我躺在床上无法入眠，正在担心还能忍受多久，忽然，像有人拔掉插头一样，噪音停止了。我看看表：午夜差一刻钟。所以这里是有宵禁的，我放心了。

方才蒙眬睡去，外面却有人唱起山歌来，我好希望是湘西有名的情歌对唱，可惜一听就是游客唱的山寨版，还好没人对答，不久，周遭就完全安静下来了。

在凤凰的第一夜，我竟不记得做了什么梦。

古镇的石板路

过了河，到对岸古镇那边，离开那些所谓摩登的、西方的酒吧和卡拉 OK 店的喧闹，往古朴的木头和石头的建筑那边走，凤凰的原貌渐渐呈现。石头城墙，城门楼，被细雨洗干净了的屋瓦，略带些夸张角度的美丽的飞檐，远处的塔，近处古意盎然的屋宇，脚下的石板路……我终于接近凤凰了。

那几天总是飘着若有若无的微雨，淋不湿头发衣裳，可是石板路还是被清洗得发亮。

路的两旁有鳞次栉比的小商店，卖纪念品、土特产、手工艺品、茶叶、水果、山珍、零食、蜡染、绣着凤凰的衣裙，还有苗家的银饰，甚至富丽璀璨的银冠。

最引人注目的是土家族的妇女，戴着巍峨的黑色缠头巾，穿着绣花的袄，在路边摆摊子卖自家缝制的手工刺绣品。"湘绣"

凤凰城楼

原就是中国民间刺绣艺术中的佼佼者，但这些少数民族的手工艺品少了那份精致讲究，才更显得质朴有活力。至于那富丽堂皇的苗族银头饰，在歌舞表演和图片中令人印象深刻，但一般日常生活中却是少见，可能在节日盛会才穿戴出来，不像土家族的头饰是家常服饰。

我饶有兴味地看着她们，不是带着对异国情调的好奇而只感到亲切，因为沈从文的祖母就是苗族女子，母亲是土家族。他身上流着她们的血，但他的文字是超越了族群的。

当然，路边免不了有许多食肆，卖一般菜肴或地方野味的都有，有的店家童叟无欺地把菜单和定价展示在门口。我研究比较了一下，作为观光景点并不算"宰客"，可见此地民风还是淳朴的。

看见好几位年轻妇女，背着竹子背篓走在街上或者在店里干活，竹篓里装的是她的小孩。我细看过这种背篓，长度就跟她的背部相当，里面在大约一半的地方有两三道横片像个座位，孩子在竹篓里可以站着，也可以坐在那横片构成的"座位"上。看起来比用布条捆在背上背舒服，而且不会造成孩子罗圈腿。

当地的人日子过得似乎比游客还悠闲。这天，我们在临河的一家馆子吃晚餐，选了户外的桌子，靠河更近些。春天傍晚的河边只有一丝丝凉意，舒服极了。看着面前人来人往，有游客也有当地人，都是一副好整以暇的样子。

基于之前几次用餐的痛苦经验我已经放弃点菜了：尽管我要求的是"微辣"，端上来还是红彤彤的一盘，三位湖南老乡却不甚满意，贺老师甚至抱怨："清汤寡水的！"此后对于点什么菜我全无意见，随他们叫什么（总少不了一条鱼），我就小心翼翼地挑一块没有沾上太多酱汁的看起来还安全的食物，在米饭上撅一下挤掉一些滋味再放进嘴里，然后用茶或甜滋滋的糯米酒过口。

贺老师一路都遇见乡亲，几乎每走几步路就要停下来与人寒暄，这时又一个她的熟人从路边走过，打了招呼便邀来坐下，对方虽然推辞，但不由分说被拉了过来按到椅子上，斟了杯酒塞给她一双筷子，这位不速之客也就愉快地说说笑笑吃喝起来。女士肤色略黑，五官轮廓分明，眼睛又大又亮，一问之下果然是苗族；贺老师说她能歌善舞，她却只是笑而不答。我即举杯敬这位萍水相逢的漂亮女子，她也欣然干杯。

日子可以过得这么随兴，这么好过。

虎耳草

"翠翠……梦中灵魂为一种美妙歌声浮起来了，仿佛轻轻地各处飘着，上了白塔，下了菜园，到了船上，又复飞窜过悬崖半腰——去做什么呢？摘虎耳草！白日里拉船时，她仰头望着崖上那些肥大虎耳草已极熟习。……"

许多年前读到《边城》这一段，觉得是中国现代小说里最幻丽迷人的梦境。湘西原就有年轻男女唱歌传情的风俗，多半是男子遥遥对着他的心上人，"在日头下唱热情的歌，在月光下唱温柔的歌"，那女子若有意，就会对歌，你来我往，好事成双；也有并不相识的男女，只因在山上溪面对起歌来而结缘的。《边城》

里的兄弟俩都爱上了渡船老人的孙女翠翠，说好在月圆的夜里轮流隔溪对着她的家唱歌，她应了谁就是谁了。可是哥哥不善唱歌，弟弟代他唱，翠翠已经睡着了，柔软缠绵的歌声飘进了她的梦里，带着她飞到高崖上，让她可以轻易地摘一把虎耳草……

当时就很好奇这个"虎耳草"是什么样的植物？做什么用的？直到遇见了凤凰人贺老师，我多年的疑问才得到了解答。

就是漫步在听涛山上沈从文的墓地附近时，贺老师指给我看、教我认识了虎耳草，还对我讲解虎耳草有清热解毒的药用功效。

果然是长在山崖阴湿的隙缝里！还好，就在伸手能及的高度，不需要我做梦飘到悬崖半腰的高处去摘。我摘了连着根茎的两叶带回旅店，夹在笔记本里做纪念，还照着画了一幅素描。

顾名思义，虎耳草的形状确实像老虎耳朵，扁圆形的，也有点像迷你的荷叶，带有波纹状或者柔和的锯齿状的边缘，沿着叶缘密密排着极细极细的茸毛。乍看之下虎耳草似乎是墨绿色的，细看就发现其实略带一种偏暗的粉紫红，尤其在叶缘部分，好像镶了一道细细的紫红色的花边。叶茎也是粉紫色，也长满了细柔的茸毛。最好看的是它的叶脉，白色的，像树枝一样从内到外披撒出去，越来越细，一直伸展到叶缘。把叶子翻过来看背面，粉紫色就更多了些，衬着变成绿色的叶茎，也很好看。

后来在沈从文故居的庭院里又看到了虎耳草，栽在一个有石山的大盆景里当成观赏植物了。也是长在石隙里的虎耳草开了几朵白色的、形状酷似蝴蝶的小花，十分秀气。

不只是《边城》，在沈从文其他的书里也有提到虎耳草。他对故乡这个常见的美丽植物一定很怀念，甚至也可能不止一次地梦见过呢。

玉氏山房

中国国宝级的画家黄永玉是沈从文的表侄，也是凤凰人。和他表叔一样，从少年时便离开家乡去读一本世上的大书，看尽世间风景，尝遍人间的美与悲哀——而美丽与哀愁这两者往往是相连的。

在早年离乡闯荡江湖打出了名号的凤凰人里，家乡的人可能对画家黄永玉更熟悉，甚至感戴——据说，沱江上有四座桥都是黄永玉为家乡修建的。沈从文的名字和作品在80年代的中国才变成"出土文物"，年轻的读者甚至作者纷纷"惊艳"于这么一位从未听过读过的老作家，也才知道他来自湘西凤凰；但早在那之前，黄永玉的画已经让"凤凰"这个湘西小县城的景色广为人知了。

黄永玉在凤凰的宅第名叫"玉氏山房"，坐落在一处山坡地上，居高临下，里面的一座钟塔隔着沱江远远就可以看到。他长住北京，这里大约常是闲置着，不过临街的"黄永玉艺术工作室"是长年对外开放的。

我们到的时候，"工作室"还没有开门，便在"玉氏山房"的大门口观望。大门气派得像城门，有两层门楼，灰瓦飞檐，风格非常"凤凰"。门首"玉氏山房"四个字不是黄永玉亲题，而是他的好朋友黄苗子的书法。

铁栅门是锁着的，挂着"家有恶犬，非请莫入"的警告牌。果然有三四只相貌凶恶的狗出现了，隔着栅门与我们对视，同时走来的还有个年轻人，显然是负责看管的人。贺老师开始跟年

黄永玉在凤凰的"玉氏山房"

1980年底，李黎在北京黄永玉家中

轻人寒暄，我听不大懂他们的凤凰土话，但猜得出来贺老师要求进去看看，小伙子表示不认得我们，主人不在家，不便接待生人。贺老师便指着我说了一番话，大意是这位女士是认得黄先生的，黄先生在北京还送过她一幅画等等，可是口说无凭，小伙子还是犹豫着。我说算了算了，不要让人为难，走吧。兽医贺老师却指着对她友善地摇头摆尾的狗们说："我来过，就是来看这些狗的，给它们打针，还住了一晚！"这下灵了，芝麻开门，我们在狗群热情的前呼后拥下迈进了大门。

通过门楼进去之后沿着一条长长的上坡小径，经过好像是车库的建筑，两侧花木扶疏，一直走到尽头豁然开朗，一间亭子里吊着一只大铜钟，近旁是一座三层高塔——就是在底下江边可以远远看见的——连着一条长廊，景观绝佳，可以俯瞰沱江和两岸风景，甚至虹桥！上来时没有想到这里地势竟然如此之高，景观才能如此之好。这才懂得了"山房"之名何来。

园子里花草竹木应有尽有，在一个花丛深处还有个真人大小的黄永玉塑像，坐在一张大理石桌前，悠闲地抽着烟斗。

虽然狗儿们对贺老师无比亲切（我笑说她打针一定不疼），我们还是不好意思多做逗留，从通往"黄永玉艺术工作室"的那间建筑进去，经过会议室般的大厅，顺便欣赏了整面墙的浮雕，最后从侧门走进了"艺术工作室"，正好是开门的时间了。浏览了展览的作品，我想买一件黄永玉设计的 T 恤衫做纪念，可惜那里卖的尺码对我来说全都太大，看来这类商品的对象是洋人吧。

除了画，黄永玉也能写。在他最动人的那篇《太阳下的风景——沈从文与我》里，他这样写他们的故乡凤凰："在天涯海角，我都为它骄傲，它就应该是那么小，那么精致而严密，那么结实。它也实在是太美了，以至以后的几十年我到哪里也觉得还是我自己的故乡好……"

可是，不约而同地，叔侄两人都要怀着对故乡的眷念远走天涯，自我放逐上一条漫长坎坷的道路，阅读一本人生大书："我们那个小小山城不知由于什么原因，常常令孩子们产生奔赴他乡的献身的幻想。从历史角度看来，这既不协调且充满悲凉，以至于表叔和我都是在十二三岁时背着小小包袱，顺着小河，穿过洞庭去'翻阅另一本大书'的。"

最后他们都回来了，以不同的方式；何况通过文字和记忆，他们从未真正离开。

从文故居

"沈从文故居"现在是凤凰旅游收门票的景点之一了。据凤凰县旅游局的"沈从文故居修复简记"记述：凤凰县政府在1988年3月派人专程去北京，将故居修复的方案和样图让沈氏夫妇过目。故居12月竣工，然而那年5月沈从文就去世了，未能亲眼看见他出生、成长的地方的旧貌——其实那些形象一定早已深深地凝固在他的记忆里了。

也像其他的旅游景点一样，故居也有讲解员，这里的是头戴银冠、身穿绣花裙袄、全身披挂苗女装束的年轻姑娘，流利地背诵着介绍词，带领访客一进一进的房间参观，为访客解说陈列展示的对象。我们看见了一个百年前湘西大户人家的宅第，家具用

沈从文故居厅堂

沈从文用过的书桌和椅子

品：摇篮、雕花眠床、手工纺织轮，还有后来沈从文用过的书桌椅子和文具、唱片留声机，他的作品、墙上的老照片……

有一张照片，虽然曾在书中看过，此时此地看着觉得特别可爱，就是1982年沈从文回家乡时，在他当年的母校——湘西凤凰文昌阁小学教室里，坐在课桌上，笑眯眯地跟小朋友们一起听课。八十岁的老人，回到八岁时的地方与情景，时光在那一刹那倒流静止，晚年与童年交叠，中间的数十年长河岁月轰然退潮，我猜想至少在那一瞬间，他是快乐的。

童年的沈从文曾经亲眼看见过最残酷的杀戮。当年以弭平"苗乱"为由，清政府在他的家乡一带屠杀了上千的无辜农民百姓。沈从文小时随着大人在道尹衙门口看新砍下的血淋淋的人头，伙同其他孩子成群结伴到城头上去看对过儿河滩杀头，屈指计算死尸的数目。他甚至还跟到天王庙去看犯人自己掷筊定生死——当地的辛亥革命失败后官府展开镇压屠杀，成千的农民从四乡被莫名其妙地抓来，每天都有一两百人遭到处决；到了后来实在砍不胜砍，便想出一个"选择"的手续：把犯人牵到天王庙在神前掷竹筊，掷到一仰一覆的顺筊，和双仰的阳筊的人都当场开释，掷到双覆的阴筊就拉去杀头……

他把这些经历都写进了自传里。这些肮脏的鲜血、残忍的杀戮、愚昧的死亡，没有把一个孩子变成残忍愚昧，反而造就了一个悲天悯人的书写者。

与"玉氏山房"相比，那一间是别墅般的宅第，这一间是已成展览馆的故居，一间是现在，一间已成过去。来到他俩的这个美丽而愁人的故乡，对他们生活过的悠悠岁月有了更多的感知。这叔侄两人的生命在最坎坷艰难的岁月交集，然后文学的表叔先走了，来不及看见留存的、重建的、新生的……他只看见了那些消逝的、永远不再的——好在他都把那些写下来了。

从文让人

夜里下起淅淅沥沥的雨，到凌晨时分仿佛稍稍停歇了。在凤凰听到雨声，怎能不想到这样的句子："且为印象中一点儿小雨，仿佛把心也弄湿了……"

这天要去沈从文的墓地上坟。不过沈从文写上坟用的字是"挂坟"，因为湘西人上坟有在坟上挂纸彩球一类的祭奠物的民俗。我在沈从文墓上"挂"的却是个小花圈。

早就注意到大街小巷里常有小贩捧着一个扁平的大箥箩，里面是鲜花和草叶编成的花冠；多半是中年妇女，做买卖的同时，她们的双手还是不慌不忙地编串着篮子或箩里的花叶。五彩缤纷的花冠很受姑娘们的欢迎，一路看到不少年轻女孩戴在头上，比什么发饰都亮眼。

这天一早出门，从河边第一个遇见的卖花妇人买了一顶新鲜的花冠。我一路戴着，三位湖南乡亲大概有点奇怪我怎么效法起年轻姑娘来了，但很礼貌地夸了好看。直到我将花冠摘下来挂在墓碑石上，他们才明白了。

我们来到沈从文的长眠之地——距离凤凰县城仅只一公里的一处幽静的山麓。山名很雅，叫"听涛山"，附近还有个"凤凰第一泉"——凤凰本就多清泉。从刻着"沈从文先生墓地"的大石牌旁拾级而上，先是有一间兼卖纪念品的书店，店前又是两块石碑：一是注明是"湖南省省级文物保护单位"的"沈从文先生墓地"碑；旁边并立的石碑则是对沈从文墓地的简单说明，并提及沈夫人张兆和的骨灰2007年亦埋葬于此。再过去还有一块大黑石碑，是"沈从文先生墓地简介"，1992年清明立——他去世四年后墓地建成。正感到有太多的官样文章，还好，再往上走几阶就看见一块瘦长的直立碑上黄永玉龙飞凤舞的草书：

一个士兵要不战死沙场便是回到故乡

沈从文墓地，黄永玉题的碑

黄永玉用"士兵"作象征是有深意的。"对于农人与兵士，怀了不可言说的温爱，这点感情在我一切的作品中，随处皆可以看出"。沈从文在"边城"的题记里如此自道。十五岁，只有高小学历的一文不名的男孩，参加了部队，做了一名小兵，他以此自称，还用"小兵"做过笔名。

离开家乡的沈从文，他的文学作品带给他名声，却在政治气候肃杀的年代带给他灾祸。50年代初便被极左文人无情诋毁批判，要他接受"改造"，那时的沈从文万念俱灰，甚至试图了断生命。若不是自杀未遂，便早已横死"沙场"了，却连一"战"的机会也不曾给过他。作为一名幸存者，沈从文告别了文学，一头钻进一个相对安全、安静又与"美"相关的领域：他研究起中国古代服饰史，而且成绩斐然。然而对一个毕生将写作当成生命的一部分的人，他心中能没有最深沉的憾痛吗？

黄永玉从少年时便熟读表叔沈从文的文章，中年后目睹表叔遭逢的劫难，始终是满心的理解与关爱、崇敬与不忍。那些政治风暴带来的横逆与屈辱，加诸一个纯朴温婉的写作者身上，造成了难以想象、难以言说的折磨与酷痛。沈从文自己不愿写，黄永玉不忍多写，只有轻描淡写，浓浓的伤痛化进淡淡的、收敛的文字里，格外令人动容——而那正是沈从文的文字风格："好与坏都不要叫出声来。"何况，黄永玉写道："真正的痛苦是说不出口的，且往往不愿说。"

小小年纪就离开家乡，沿着江水渡过洞庭湖到外面的世界去"翻阅另一本大书"，最后，这个凤凰人终于历劫归来，而故乡人总算张开双臂迎接了他——他的骨灰。

沈从文墓碑正面

墓碑背面，张充和的挽联

墓碑是一块将近六英尺高、据说有六吨重的天然五彩石，未经打磨雕琢，全然本色。石碑正面是沈从文的手迹："照我思索，能理解'我'；照我思索，可认识'人'。"背面是张兆和的妹妹、书法家张充和撰写的挽联："不折不从，亦慈亦让；星斗其文，赤子其人。"四句悼词的最后一个字连起来就是"从文让人"。

碑前地上有花篮、花束、花圈，还有几顶花冠。我将头上戴的这顶摘下，恭谨地挂到墓碑的左上角，看起来就像那块朴实的巨石戴上了一个小小的、美丽的花冠。这才是"挂坟"啊！

我的手指轻触着沁凉微湿的碑石，指尖抚过镌刻的文字，忽然一股无法克制的激动如热流从心头涌出直上双眼。我急忙走到墓石背面去，不想让人看见我的失态。

情绪平复下来之后，我在墓碑对面找到一块平坦的石头，坐下来打开写生簿。当年沈从文回乡时在船上作了不少素描写生，就画在信纸上，文字加图像的家书，一道寄给远方挂念着他的妻子。虽然他随身带了相机，但那个年代底片太珍贵，他舍不得照风景，要留着回到家乡给家人照相。我的数码相机虽然没有张数的限制，我还是要为这块碑石画一幅写生，不为画得像，为的只是细细观察记录那石上的皱褶、线条、凹凸、起伏、青苔……这样我就会牢牢地记在心里了。

游客们走过来，多半好奇地看两眼就走开去，却有一个戴眼镜、气质温文、大学生模样的年轻女孩一直站在旁边看我画。杨芢师搭讪问她："你也画画吗？"女孩说不会，"我是学中国文学的"。

这就引起了我的兴趣，便停笔抬头问她："那你对沈从文的作品一定很熟悉了？"她说是的，《沈从文全集》几乎都读了。

我对这位萍水相逢的女孩说："我也是他的读者。……许多年前，我见过沈从文先生的。"

她睁大眼睛，似乎想说什么又没说出来。

我画完起身离去，女孩跟过来，鼓起勇气似的问我："请问，你是不是从国外回来的？"

我反问："你怎么知道？"

她说："我看你坐在那儿……我注意到……"她的脸渐渐涨红，然后眼睛也红了，"我注意到，你在哽咽……"

我很吃惊，没想到一个陌生人竟然会远远注意到我表情的微妙变化，其实我一旦开始作画时，情绪已经平静下来了，她是怎么看出来的呢？

她看出来了。因为沈从文，我和她，全然陌生的两个女子，在一个文学灵魂的墓前，有了短暂的交集、心灵的相通。即使这位作者是上个世纪的人，即使他已经去世将近四分之一个世纪；即使天各一方，在这里，这一天，我和这个女孩相遇，没有真正的交谈，然而我们的感动和契合已经超越一切。因为他的书，因为沈从文的文字。

墓碑斜后方又有一堵半人高的石碑，上面刻了张兆和为《从文兆和书信选》一书的后记节录，是她娟秀的手迹，写的是沈从文去世后，她整理他的遗稿时触发的感动和悔憾。其中几段话尤其坦率到出人意料，令人心为之震：

经历荒诞离奇，但又极为平常，是我们这一代知识分子多多少少必须经历的生活。有微笑，有痛苦；有恬适，有愤慨；有欢乐，也有撕心裂肺的难言之苦。……

我不理解他，不完全理解他。后来逐渐有了些理解，但是，真正懂得他的为人，懂得他一生承受的重压，是在整理编选他遗稿的现在。……他不是完人，却是个稀有的善良的人。对人无心机，爱祖国，爱人民，助人为乐，为而不有，质实朴素，对万汇百物充满感情。

最后一段更是耐人咀嚼：

太晚了！为什么在他有生之年，不能发掘他、理解他，从各方面去帮助他，反而有那么多的矛盾得不到解决！悔之晚矣。

表面上是妻子对结缡六十载的丈夫的忏悔，但读着读着，却越发感到也是对那些埋没他、不理解他不帮助他，甚至还要用矛盾伤害他的人的控诉。

如今还能说什么呢？斯人已去，他的一生的悲欢爱恨，尤其后半生遭受的"撕心裂肺的难言之苦"都已经发生过了，承受过了。这些石碑，这些铭记，地上的花朵，凭吊者的眼泪，对他都来得太迟了。

一时还不忍离去，便在听涛山的小径上漫步，眺望缓缓流逝的沱江水。雨后的山林愈发葱翠，想到沈从文在1956年那次回乡，给妻子的家书中说："凤凰地方也好看得很，因为一个城市全在树木中……"如今，至少他俩一同长眠在这些好看的树木中，再也没有矛盾，再也没有难言之苦，再也不会分开了。

去边城的路上

离开凤凰的那天下着需要撑伞的雨。

凤凰之后，便是我的湘西之行的最后一站——我要去一个曾经叫作"茶峒"的地方，如今因为一本书，这里改叫作"边城"。

又是贺老师的亲戚，子侄辈的小伙子，开了一辆自家的车送我们去那里。

路上经过两处"古迹"：一是被当地人称为"南长城"的一段古城墙——这个"南长城"可不是像北长城建来防匈奴，而是防苗人的。一路下着细蒙蒙的雨，被春雨滋润的植物愈发郁郁葱葱，苍翠欲滴，把城墙都密密地遮掩住了。我就只下车远远看了看，照两张相。心已经先行飞到边城去了。

另一个顺道经过的地方是古凤凰城楼。现在的凤凰原名"镇筸"，而古凤凰城在外头，公路上行车半个多小时就到了。这个凤凰城的"本尊"城楼据说是唐代的，但除了一座已不完整又迭经重修的城门之外没有其他可观的，所以没有开发成真正的旅游点。我们在外头略看了看，风格跟现今的凤凰古镇城门楼是一致的。城门里有些破旧的住家，雨中见不到居民，更觉着荒凉。

我们是朝北走，一大清早出发，就在路边一家小店停下来吃早餐。炉灶前清秀的小媳妇利落地烧水切菜下米粉，很快就端出几碗热腾腾、香喷喷的汤米粉，四位湖南乡亲们自行在碗

地处黔北、川东、湘西交界处的小镇，"边城"

中"心狠手辣"地加料，吃着自己这碗原汁原味的"清汤寡水"我非常满意。

公路修得很好，车行平稳顺当。以前从凤凰过去要先到东北的吉首，再朝西到花垣，然后才能到边城，一百公里的路转两道车，至少耗上半天时间。现在有直通的公路了。我注意到一路上的地名，发现一下出了湖南进入贵州，一下又从贵州进了重庆，然后很快又回到湖南……我知道自己走在湘、黔、川（渝）犬牙交错的边境地区里，而"边城"正是处在这样一处地方的一个小镇。

最后，我来到一座很短的桥上，桥下是一条非常平静美丽的河流，有带篷的小船闲闲划过。车子停下，我走出车外，面对着的城门楼上书"湖南"两字，一看便知是毛泽东的字迹；回转身去，另一端的牌楼则题的是"渝东南第一门"，后边不远处有个纪念碑状的方柱，上方是邓小平的题字"走向大西南"。湘、川在此分界，毛、邓在此为各自的家乡题字。

进了"湖南"城门楼再回头一看，城门里边这面的匾牌上写的却是"边城楼"三个字。看不出是谁的手迹，但肯定不是这些大人物的。

边城茶峒

很小的时候，我就看过一部香港出的国语片，叫作《翠翠》，林黛、严俊和鲍方主演，严俊一人饰演二角且兼任导演（另有一说编导是李翰祥）。主题歌："热烘烘的太阳往上爬呀往上爬，爬上了白塔，照进我们的家。我们家里，人两个呀。爷爷爱我，我爱他呀。……"至今还会唱，与我同一代的人几乎都有印象。

很久之后我才知道，那部电影就是改编自《边城》。所以早在我读到沈从文的作品之前许多年，我已经"看"过他了。

也正是因为电影里的另一首插曲（那时的"国语片"有点像现在的印度"宝莱坞"电影，即使不是载歌载舞，也强调"插曲多支，支支动听"），是一个乘渡船的人对着翠翠唱"摇船的姑娘你真美，茶峒里找不到第二位"，因而我对"茶峒"这个并不好记的地名留下了印象。

茶峒确有其地。这个地处黔北、川东、湘西交界处的小镇，就是沈从文用文字描绘的地方。可是现在"茶峒"改名叫"边城"了——因为这本书。

世界上还有什么地方，是因为一篇小说而改了名字的？

"由四川过湖南去，靠东有一条官路。这官路将近湘西边境到了一个地方名为'茶峒'的小山城时，有一小溪，溪边有座白色小塔，塔下住了一户单独的人家。这人家只一个老人，一个女孩子，一只黄狗。"这是"边城"的开头。

"茶峒地方凭水依山筑城，近山的一面，城墙如一条长蛇，缘山爬去。临水一面则在城外河边留出余地设码头，湾泊小小篷船……"沈从文这样描写茶峒。"那条河水便是历史上知名的酉水，新名字叫作白河。……两岸多高山，山中多可以造纸的细竹，长年作深翠颜色，逼人眼目。近水人家多在桃杏花里，春天时只

"白塔"

需注意，凡有桃花处必有人家，凡有人家处必可沽酒。……"

茶峒属于的县治是花垣，听起来像"花园"，意象也很美。

从小时看的电影和读了小说之后的想象，那小小的山城，溪边，摆渡的河岸，必然是有点荒凉的。没想到水边也是一条青石板路，有店家也有游客，虽然生意有些冷清，远远不及凤凰热闹，但也绝不荒凉。我立刻就喜欢上这里比凤凰幽静得多的气氛。

流过山城前的小河是西水的支流，现在当地人叫它清水河，对岸就是重庆。河畔修了石板道路，原先一半在水上的吊脚楼都改建成普通的楼房了，不过那些房子多半还是维持了古雅的外貌，都有美丽的镂空花木门窗。

在岸边第一个看到的，就是水中的一个岛，长形的，有点像一艘船。可能原是一个小荒岛，而今岛缘建上了整齐的石阶便于登岸；岛上栽了葱翠的树木，最显眼的是一座比树木都高大的白色人像。隔河远望而且是背影，虽然看不清相貌，我也猜得出那是谁。

镇上的客栈、饭馆，多以翠翠为名。也因为她，一座白塔在远远的山坡上建了起来，与河中小岛遥遥相望。

我注意到路上果然有黄狗，都很友善，可以想象跟在翠翠身边做伴的那只被叫作"狗，狗！"的没有名字的忠犬，就是这副模样吧。

永远的翠翠

《边城》里的孤女翠翠出现时，沈从文是这么写她的：

为了住处两山多篁竹，翠色逼人而来，老船夫随便为这可怜的孤雏拾取了一个近身的名字，叫作"翠翠"。翠翠在风日里长养着，把皮肤变得黑黑的，触目为青山绿水，一对眸子清明如水晶。自然既长养她且教育她，为人天真活泼，处处俨然如一只小兽物。人又那么乖，如山头黄麂一样，从不想到残忍事情，从不发愁，从不动气。

却是在《湘行散记——老伴》这篇散文里，沈从文提到了"翠翠"这个女孩的原型。原是他少年时投军随着伙伴乘船沿江而下，在泸溪县城停泊上岸时，一家绒线铺里见到的一个女孩，明慧温柔，名字就叫"翠翠"。《边城》里的那个女主角，正是从这女孩脱胎而来。

《老伴》这篇的开头美极了："我平日想到泸溪县时，回忆中就浸透了摇船人催橹歌声，且为印象中一点儿小雨，仿佛把心也弄湿了。"不知那一点儿把他的心弄湿了的小雨，是否来自那个名叫翠翠的女孩？十七年后他再停经泸溪，回到那家绒线铺，见到一个几乎跟当年那个翠翠一模一样的小女孩，"一双发光乌黑的眼珠，一条直直的鼻子，一张小口"，但他随即明白了这个名叫"小翠"的女孩是那翠翠的女儿！他当时觉得像是被"时间"猛烈地掴了一巴掌。

渡船人和外孙女，祖孙两人相依为命，书中关于渡船自然与得很多。"小溪既为川湘来往孔道，限于财力不能搭桥，就安排了一只方头渡船，一次连人带马，约可以载二十位，人数多时则反复来去。渡船头竖了一支小小竹竿，挂着一个可以活动的铁环，溪岸两端水面牵了一段废缆，有人过渡时，把铁环挂在废缆上，船上人则引手攀援那横缆，慢慢地牵船过对岸去。"

拉渡船，湘西话叫巴渡船。小时看电影《翠翠》里祖孙都是用竹篙摇船，读了原著才知道不是那样的，但到底是怎样，终于到了原地看见翠翠的渡船是怎么"渡"的了。船的大小倒是跟书上描述的差不多："一次连人带马，约可以载二十位。"不过今天这条现代渡船，上有篷顶两侧有座位，还挂了些红灯笼做装饰。渡船人也是个老头，缆绳换成了钢索，固定在船上，所以无须每次套进一个铁环里；拉索也不再用手拉，而是用一只木把手。我要求船夫让我拉把手试试，他不肯，说今天水急，怕不安全。

这条河在沈从文笔下是条溪，当然不宽，不一会儿就到了对岸，也就是重庆市秀山县的辖区了。看了这里的山，就明白了何以县名秀山。山虽秀丽其实险陡，早年哪有像今天这些动辄隧道桥梁的公路，陆上交通不便，所以沈从文那个年代的人只有走水路。

清水河中间除了翠翠岛还有个"三不管岛"，原也是个无名小岛，从前因为占了三省交界处又不属于任何一省管辖的地利，成了没人管辖的械斗场或土匪窝。沈从文写土匪也有同情和趣味，有一篇幽默的书信体小说"男子须知"，就是写一个略通文墨的土匪，用写信的方式软硬兼施强娶家乡民女的故事，原是祸事一桩，结果却变成好事成双。

从重庆这边走过一个短得不能再短的桥就到了"三不管岛"。岛上现在当然没有土匪了，却建了一间高级度假酒店，成了休闲娱乐中心。四周花木扶疏，一座大理石高台上有两个男子的塑

边城河上的渡船

翠翠岛上的石碑

像，一个撑篙划竹筏，一个以手圈嘴引吭高歌，正是"边城"里的兄弟两人，都爱上了那个眸子清明如水晶的女孩翠翠，隔溪遥望着翠翠岛上的翠翠像，似在呼唤，似要渡溪过去……

再乘摆渡船回到边城这边，从这个方向可以清楚看见渡口近旁刻在山崖上的"边城"两个大红字，沈从文的手迹。

在沿河街上走一小段路，上了另一艘专供游客乘坐的船去翠翠岛。岛上像个小公园，遍植树木花草，间有石山小径。石上所见的题字皆是黄永玉的手迹，远比真人高大许多的汉白玉翠翠像，据说也是黄永玉设计的。翠翠扎着长辫子，脚穿搭袢布鞋，偏着头，贴着手中捧的一捆好像是花的东西（怎么不是虎耳草？）远眺白塔，黄狗依偎在她的腿边。

面对着这样具象的翠翠，我一时有些难以调适心情。就像人们耳熟能详的作品中的那些人物，读者们对他们太熟悉了，不知不觉早已在自己的心目中为他们塑造了形象，以致面对别人呈现的样貌时，不免感到落差，甚至失望。所以把经典文学作品拍成电影是最难讨好的，为经典文学人物造像也一样。然而一个地方既然已经为这本书改了地名，也只好将书中人"呼之欲出"，现身亮相了。倘若因此能让原先没有兴趣读书的人去找了书来读，甚至因此读了更多的沈从文的作品，也未始不是一桩美事吧。

逛完翠翠岛回到边城镇上，最后看到的景观是这座小镇的大手笔：《边城》的文字"碑林"——"中国边城百家书法园"。

一百位书法家，以各自不同的字体，分别写出整部《边城》全文，然后刻在一百片半人多高的青石碑上，绵延逶迤在上有瓦檐的长廊一侧，其气势之壮观可以想象。"边城"约五万字，每片碑平均分到五百字左右，当然头尾要是适当的段落，最后还有书法家本人的题签、纪年等等。

我将碑石从头至尾逐一看去，无法想象沈从文若是目睹这一切会说什么？但这既不曾发生也不可能发生。"苦苦怀念我家乡那条沅水河水边的人们，我感情同他们不可分。"他对家乡的感情那么深，根本不会期待何种回报吧。何况他存的其实是一份感激：

> 从汤汤流水上，我明白了多少人事，学会了多少知识，见识了多少世界！我的想象是在这条河水上扩大的。

看到最后一幅，"边城"的结尾：

> 到了冬天，那个圮坍了的白塔，又重新修好了。可是那个在月下唱歌，使翠翠在睡梦里为歌声把灵魂轻轻浮起的年青人，还不曾回到茶峒来。
> 这个人也许永远不回来了，也许"明天"回来！

多么让人有悬念的一个结尾啊。

缓缓走在这条"碑林"长廊上，我看得仔细，发现了写错刻错的字——难免的啊，我想，这才是生活的真相吧。想象有另一双眼睛在看，在俯视，在轻轻叹息，宽和温婉的微笑，包容了世间的不完美以及那些不断流逝的美好……

隐约一种难言的感觉，后来体悟出来很相近于沈从文写过的那种感觉："我仿佛触着了这世界上一点东西。看明白了这世界上一点东西，心里软和得很。"

"历史是一条河。"沈从文在《湘行书简》里写道，"凡是在这条河里的一切，无一不是这样把恐怖、新奇同美丽糅合而成的调子！想领略这种美丽，也应得出一分代价。"

他付出的代价，即使我们得知的，也只是其中极小的一小部分吧。"在写作中我得到的好处，早已超过应当得到的甚多。"在晚年一封给朋友的信中，沈从文这样谦抑地写道。只有把写作和文字放到像他那样的境界，才会说出这样的话来吧。

　　我虽离开了那条河流，我所写的故事，却多数是水边的故事。

这是他的家乡、他的世界。作者已经看不到家乡为他做的这些：地名、塑像、石碑、故居……他可能从未曾期待家乡会为他做出这些。

所以我看到这些的只是地方，不是他的年代，不是时间。时间的长河流过，带走了他笔下的人物，甚至风景；带不走的，是凝固在文字里的长河水的记忆。

（2012 年 7 月 6 日，美国加州斯坦福）

风啊，水啊，一顶桥

永别了，我不会再来。

——木心《乌镇》

3月中来到上海，樱花尚未盛放，桃花更是连预告片都还没上演。阳光有些迟疑，好像觉得时节尚早，不能决定该不该露脸。

来上海的次数数不清，车程一个多小时之外的乌镇却只去过一回，算算已将近十四年前的事儿了。那一阵为了看桥，去了好几处江南水乡小镇：周庄、同里、西塘、乌镇、金泽、朱家角……那个年头旅游业还未风起云涌，只有周庄名声在外，其他几处都还算幽静，还感受得到水乡原貌的余韵。后来它们都成名了，打扮得花枝招展甚至沦为庸脂俗粉，我也就少去走动了。

但乌镇是我一直惦念的地方。乌镇不仅是茅盾的故乡，也是木心的故乡。茅盾的小说《春蚕》《林家铺子》写的都是乌镇，而木心的《塔下读书处》写故乡少年岁月与亲族长辈茅盾的书屋之缘更令我心神向往。但多年后木心那篇记返乡之行的《乌镇》，其阴暗悲凉又可比鲁迅的名篇《故乡》。还好，我是第一次去过乌镇之后才读到，没有影响初访时的心情。十多年来多少次在上海，却对再访乌镇一再踌躇，除了怕那日益拥挤的游客人潮，这篇文章也是一个隐藏的原因。近年乌镇也随着几桩大型文化活动成了大名，更怕凑热闹了；但最后还是为了去年年底才成立开放的木心美术馆，让我兴起再访的决心。

跟鲁迅的《故乡》一样，木心也是在一个深冬从遥远的地方回到故乡。鲁迅是来自千里之外；木心竟是万里迢迢，去国十五载、离乡半世纪之后才做了短暂的归客。与鲁迅的归乡最大的不同是：鲁迅在故乡还有至亲旧友，而木心则犹如一个隐形人，悄悄回到那个传闻中他早已夭亡、事实上也几近家破人亡的不堪回首之地。不堪回首却偏要回首，那次的归乡，让他写出了《乌镇》和决绝如斯的语句："永别了，我不会再来。"

但他竟然再来了，且留下来度过生命的最后五年。故乡不但为他修整了旧居，身后还成立了一座专属于他的美术馆。我想再看看这处令他决绝而去又让他回心转意的地方。

乌镇的大门（一座镇子竟要设大门卖门票，即使是半世纪后返乡的木心也不会料到的吧）模样跟我十多年前来时变化不大，变化最大的是人多车众，这个平常日子也热闹得像什么大节日似的。随着人潮涌往茅盾故居，同行的人兴致盎然地要看二楼展室里我和茅盾的合影——1980年底我在北京拜访了茅盾先生，感谢他为我的第一本小说集《西江月》题字，三个月后先生就逝世了；那次会面的合影还是用我的相机拍出洗印了寄去给他的，没想到后来竟被放大陈列在故居纪念馆的展厅里。上次来时不经意发现，简直以为自己也作古了。这次有了心理准备，从容留影。这里是乌镇重要景点，旅游团的嘈杂令人心神不宁，与同行人拍完照就逃也似的匆匆离去。

出来不远就是渡船码头。船是一定要乘一趟的，从这里开始，木心的文字为我画出乌镇地图：水道与热闹的东大街平行，果然要过望佛桥，到财神湾码头下船……八人座的乌篷船，船老大悠闲地摇着橹，跟乘客轻松说笑，话语里对家乡似乎充满自豪。船慢慢地摇啊摇，要不了十来分钟就靠岸了，下船走不多几步便是木心故居：东栅财神湾 186 号，旧称孙家花园。

"当年的东大街两边全是店铺，行人摩肩接踵，货物庶盛繁缛，炒锅声、锯刨声、打铁声、弹棉絮声、碗盏相击声、小孩叫声、妇女骂声……现在是一片雪后的严静。"木心写的是 20 世纪 90 年代中叶乌镇的一个冬夜，一片萧条肃静；那是声——无声。而色呢？"毗邻的房屋俱是上下两层，门是木门，窗是板窗，皆髹以黑漆——这是死，死街。……统体的黑，沉底的静，人影寥落，是一条荒诞的非人间的街了。"二十年前木心回来看到的是无声的、黑色的乌镇。

我也记得十多年前我来时的乌镇，夏天的日午，非常安静，很慢，几乎像他的诗"从前慢"那样的岁月氛围，是一份悠然，绝非如他所见的那般死寂。而现在，乌镇可热闹了。今天，一个平常的星期二，红男绿女摩肩接踵，餐馆小吃纪念品手工艺民宿客栈作坊钱庄鳞次栉比，大呼小叫的旅游团如蜂拥至，导游扩音器所到之处众耳披靡。我一路逃躲，到了故居门外，眼看来了一

乌镇东栅的木心故居

群人，正不知该不该等他们看完离开，却听一个人问："这啥地方？"另一个人抬头看了看，念道："木—心—故—居……木心啥人啊？"摇摇头走了。

　　木心是谁，这个问题从前太常被问到了。我一早就熟读木心的书，他的各个版本的书总是轮流放在我的床头；在文章中每每自然而然地提及引用，总被问我是在哪里读到这个名不见经传的高手的？木心的文字看不出时空和师承，没有少作、没有足迹，深不见底；算算他的年龄，40年代以降根本没有这一号人这一套文字，就算一直以来都换笔名也没有看过这一路风格，简直用得上武侠小说的比喻了——然而再高明的剑法也看得出门派师承，木心却像是从石头缝里蹦出来的，就像时下的流行用语"横空出世"。后来渐渐揣度出他的"师承"是古今中外各路大师，游走于上下千年时空，与希腊贤哲魏晋狂士亦师亦友，从容交谈……但深度何以能迄如斯至今还在揣度之中。

　　故居不收门票，但要求事先预约——没有预约也可以通融，但进门入口处一个年轻的工作人员会很礼貌地请每一位来人在进入展室之前先看看墙上的简介，"如果您有兴趣，再进来参观"，又叮咛一句，"不可以拍照。"进门的人本来就少，看了一眼简介再决定进入展室的更少，所以展室异常地安静。我心里为这个"过滤"方法暗暗喝彩。

　　木心的童年和少年岁月在这座曾经华丽精致、雕栏画栋的祖屋里度过，锦衣玉食的日子里这个孙家的独子画画、谱曲、赋诗、作文；十五六岁离开乌镇出外求学习画，从此开始了他"美学的流亡"——以及在其后的纷扰年代里美学带给他的深重苦难：作品被抄没、三度被囚禁，直到年过半百才获"平反"。之后不久他就远赴异国，自嘲是"文学的鲁宾逊"，在纽约从一无所有开始重新建造他的文字与绘画的美学王国。十五年后他第一次回国，以一个不再能被任意囚禁的自由人的身份。

　　然而这座令他"魂牵梦萦"的花园宅邸早在 50 年代就被政府没收，家人被迫迁离，外人进驻了孙家祖屋。花园里后来更开起了铁钉场，之后又是铸铁场又是什么轴承场，折腾糟践了四十年，老去的故人还抱着童年的美好记忆返乡，看到的景象当然是一场醒不过来的真实梦魇。

　　木心这样写他踏入故居时种种难以置信的景象：矮墙板门内是瓦砾颓垣、荒草碎砖，污秽的天井里是模样狰狞的枯树，厢房的外表剥落漫漶丑陋不堪，再是一进又一进破败倾颓的房宅，都还住了人家。最后是童年的"娜嬛宝居"："数十年来魂牵梦萦的后花园——亭台楼阁假山池塘都杳然无遗迹，前面所述的种种屋舍也只剩碎瓦乱砖，野草丛生残雪斑斑，在这片大面积上嘲谑似的盖了一家翻砂轴承厂，工匠们正在炉火通红地劳作着。"

想象宝玉若未出家，中年之后回到荒芜的大观园遗址，景象也未必会如此凄惨可怖吧？

又是几年过去了。鱼米之乡的富庶更胜以往，当地政府也有了文化意识，买回孙家花园旧址地，花了五年时间大幅度修缮，诚心诚意地请木心回来。七十九岁那年，"应故乡盛情"，木心又回到了乌镇，且是定居，将翻新的祖屋取名"晚晴小筑"。"没想到这一生我还能回来"，据说他是这么说的。在这里，他度过人生最后五年，作了许多画，写了大量的手稿。他走在2011年冬天。

"故居纪念馆"只是"晚晴小筑"的前三进屋，看不出太多木心在此生活工作的痕迹。年轻的管理员见我态度认真，主动告诉我这里展出的多为高仿真制品，而所有画作和文稿真迹以及遗物原件，都移入了西栅"木心美术馆"，永久陈列。我说等会儿就过去参观的。纪念品小铺卖的书当然都是木心的作品，我几乎全有了，便买了一套木心手稿的卡片，印得很雅致。

美术馆在西栅，离东栅这边还有一段路，需要乘车过去。先见到的是比图像中更显得繁复昂扬的大剧院，心里顿时咯噔一下，想木心美术馆可不要造成这等盛大的架势吧，那可不是木心的风格啊。然后才看见一湖之隔外比大剧院低调了许多的美术馆，贝聿铭的弟子们设计的，果然有贝氏不张扬的清爽明净与现代感，

乌镇西栅的木心美术馆

"风啊，水啊，一顶桥"：
美术馆大厅

而馆前的桥与湖却又巧妙地带出了古典与东方。看着外观我就放心了。进到里面没有几个访客，更显得空阔宁静，我欣喜地先慢慢走了一圈，断定这里"很木心"——建筑线条果断大气又优雅，光影明暗掌控得宜，看似素简的细节其实处处极有讲究，古典与现代、西方与东方融合得不落痕迹……这岂不正是木心的风格？

我跟木心只见过短暂的一面——80 年代中期，在好友王渝工作的纽约报刊编辑室附近，一次并无特意安排的见面。说到当时的纽约华文报刊，整个 80 年代正是北美华文报纸副刊一段美好而短暂的盛世，而文艺副刊更是一块净土。王渝主编《华侨日报》的《海洋》副刊，曹又方主编《中报》副刊《东西风》，加上李蓝的《美洲星岛日报》副刊，三位定居纽约、本身也是作家的编辑，不受国内任何一方的言论钳制，唯好文就发，发掘网罗延揽礼遇各路作者，其中既有已在国内成名的，也有海内外陌生的名字，多少无法在国内立足发声的流亡作家、流放文学在此找到一席之地。那是海外空前也是绝后的副刊文学全盛时期。待时序进入 90 年代，一切归于沉寂，之后那段日子纽约给我的感觉像人去楼空。再之后，两岸对文字都再无太多禁忌，海外侨报副刊完成了在特殊时空的特殊贡献，功成也形同身退了。那是历史的外一章，万马齐喑的年代竟有一线命脉不绝如缕在万里之外，也算是近代的"礼失而求诸野"吧。

木心就是那个年代"横空出世"的。他 1982 年到了纽约，投稿给《华侨日报》副刊，眼光精准独到的诗人王渝"惊艳"之际做了一桩不寻常的事：她并未如获至宝地将此极品据为己有，反而建议木心把稿件投给她的好友痖弦主编的《联合报》副刊——她信任痖弦的眼光，她更相信木心会有更多知音在台湾，而当时的大陆还没有这种土壤。痖弦的反应更强烈，不仅很快地在《联合报》副刊登载，而且在他主编的《联合文学》创刊号做了"木心专辑"。据说，在一个文学会议中，痖弦一面击鼓一面朗读木心的《林肯中心的鼓声》。不久，洪范出版社就出了木心的两本散文集。其后，台湾有过至少三家出版社出了他的选本，我手边就有圆神、元尊（远流）、翰音几家的几个版本。近年（2012—   ）总算有了最完整的印刻版"木心作品集"。

至于他来自的土地，得要到了新世纪，他的文字才终于"外销转内"，在大陆得以面世了。这样的过程，还真有点张爱玲的模式呢。

回到 80 年代。那段时期木心为谋生计，也替华文报纸副刊的文章画插图——当然用的都是不同的陌生笔名而且风格各异。我和王渝、曹又方都是好友，常给她俩的副刊投稿，我相信至少有一篇小说的插图出自木心手笔。多年后跟王渝求证她已记不得了，但我俩都想不出那种版画式的独特风格，当时当地除了木心还有哪个插画家会有呢？

那一次短暂的偶遇木心，印象最深的就是他那并不像是特别讲究，但必是经过审美考究的衣着；绅士的温雅与礼貌使他的神态有些拘谨，我先入为主地以为以他的才情，总会有些许掩饰不住的倨傲吧，但绝无丝毫流露，必是出于多年的好教养。他的目光炯炯，我的眼光不经意地下垂，看到一双擦得锃亮的皮鞋——那是需要奔波在纽约街头尘秽里的鞋子呀！我立即想到他写过：

衣着的讲究是自尊的表现。文学的鲁宾逊也是物质世界的鲁宾逊，一个甫从浩劫场出离不久登陆异国的艺术家，要维持基本的生存已属不易，木心却连在外貌气度上都毫不妥协地维持着高品位的优雅从容。

可能正因为太熟悉太喜爱他的文字，面对他我反而不知道说什么好，王渝也在场，我完全不记得我们说了些什么。后来我和木心通过一次电话，见不到人，才留意到他的口音，对于我那是亲切的吴语口音，听着他的声音我又词不达意起来，放下电话才意识到自己没有把话说清楚，但也无关紧要了——他不需要知道我，而我可以一直隐形地阅读他。他的书依然是我的床头书，年复一年。

美术馆里最多的当然是画以及照片、手稿、曲谱、视频、放大垂挂的书法、"晚晴小筑"会客室的家具布置，还有他的小对象如眼镜和那顶已成为他的标志的呢帽……我也喜欢那一排面湖的落地玻璃窗，大，却是含蓄的，百叶帘打出切割光影的效果；一方阶梯座席面对窗外的湖、湖上的船、湖对过儿的大剧院；在这里坐着，心静静搁下来，慢下来，像从前的慢。

九面平放的桌面视频播放台，只容一人站在"桌"前观看、戴上耳机听，很私密，好像是一对一的会面。视频播放他的访谈、纪录片，念诵自己的作品——《明天不散步》最后那几句："我别无逸乐，每当稍有逸乐，哀愁争先而起，哀愁是什么呢，要是知道哀愁是什么，就不哀愁了——生活是什么呢，生活是这样的，有些事情还没有做，一定要做的……另有些事做了，没有做好。明天不散步了。"念完唇角一抹微笑，自己的得意句

窗外的湖,湖对过的大剧院

画作展厅

子——正也是我特别喜爱的。

然后上楼，竟然踏进一个完全不一样的世界。墙上悬挂的，是最令人不忍、最怵目惊心的"狱中手稿"。木心不止一次系狱，最惨酷的是"文革"期间在积水的防空洞中单独囚禁，他以写检讨为由要到了纸笔，六十多张极薄极薄的纸，正反两面一百多页密密麻麻写了六十多万字，缝在棉袄里出狱时夹带了出来。后来自己也无法完全辨认得出。一百三十多页啊，墙上展示的原件只是极少的一小部分（以后会定期轮换），蝇头小楷字迹漫漶难辨，水牢中的光想必微弱——这字，这些字，这许许多多字，是怎么写出来的？

奇特而痛苦地阅读木心的经验

另一面墙上是放大了的影印，放大了许多倍的字还是不浪费一丝空隙的密密麻麻，即使看得清也难解句读，那些字犹如迫不及待喷薄而出，这哪里是书写，这是割开血管的血书，为着保留最后的尊严、清明的神智，让自己不发疯，让自己活得还像个人，在最残忍的单独囚禁里与自己对话，下一刻就可能被毁灭的文字，话语，思想，记忆，生命……都在这几十万个一笔一画的血书里了。

面对那些已经超越文字意义的文字，我像被钉在冰凉的地上，不能也不愿想象复原当时的书写景象。从未料到会有这样一种奇特而痛苦的阅读木心的经验。

然而在他的文学作品中鲜见这类惊心动魄，更从未有过诉苦怨怼。年轻时的二十几部作品悉数被抄没销毁，他只淡淡归结那是一次人类历史上的焚书。至于积水的地牢，只提到用破衫撕成的碎片给自己做鞋，考虑的是鞋子的头该做成圆的还是尖的美学问题——他决定做成尖形的，两年后从囚车的铁板缝窥见路上行人时髦男女的鞋头都是尖的（木心《尖鞋》）。"美"给了囚徒灵魂的自由。正如同他的深度，他的精神高度远远超越了人间的污秽苦痛——虽然肉体曾因之痛彻入骨。

再看他晚年的画作，渐渐抚平我看狱中书写的惊痛。那些大画挥洒，宽广，包容，气魄恢宏，像山林大地风云长空，上头总有一轮月亮。我想着"晚晴"两个字，尤其是"晴"字——以木心对用字严格的审美洁癖，他为故居／新宅取了这个和悦美好的名，就是真的回家了。

年近八十的木心返乡是与自己的和解吧——不是很多人能有幸活到、等到与生命和解的年纪。当然，他绝不会也不可能跟一个焚书的历史和解的，但是故乡不一样。故乡是那个最初始时孕育他的，不是那个后来戕害他的。他说过自己的一生就是"向世界出发，流亡，千山万水，天涯海角，一直流亡到祖国、故乡"。到了晚晴，流亡的心可以轻轻放下了。家乡用"美"召唤了这名美学的游子。

"风啊，水啊，一顶桥"，据说是木心在世间最后的时日，美术馆的建筑师把蓝图给木心看，在神志已不清的状态说出的谵妄话语，却是多么准确——风，水，桥——他的美术馆，他的故乡。

回中国／故居的房门一开／那个去国前夕的我迎将出来。（木心《云雀叫了一整天》）

（2016 年 3 月，于美国加州斯坦福）

花　魂

　　每个人都说我到晚了，错过了花季。

　　家住神户的日本女友惠子，与我相偕去到京都时已是 5 月上旬，樱花早已开过，路边的樱树已是满枝的新绿鲜碧了。惠子前个月才来过京都赶上"花见"赏樱盛事，一路上为我絮絮形容那满城花团锦簇的美景，然而她的好意只有更提醒着我：此生又多添了一桩遗憾。

　　其实花还是有的：他们称为"唐菖蒲"的鸢尾花开得正盛，我们还特别去到太田神社，专为看那一大片的孔雀蓝紫——这也是日本的"国色"之一，像一片冷艳的火焰静静燃烧到天边去，中间点缀无数金黄的闪闪星芒。杜鹃花也到处可见，尤其是金阁寺坐落的水畔，嫣红粉白的杜鹃成球成丛地迸放着，像是理直气壮地承接下了落樱的诸色。

　　这时节，一天里总有几个时辰细雨霏霏，非常的京都——京都不是细雨就是细雪，难怪草树浓绿欲滴，苔藓的苍郁滋润是别处难以胜过的。

身在春雨京都，很自然地就想到谷崎润一郎——那个耽溺到几乎病态，却又有着无比文字魅力的唯美派作家。他的长篇小说《细雪》，写的是大阪富户蒔冈一家四姐妹的生活与命运。在她们得天独厚的最后太平岁月里，依着季节的更迭，春日到京都赏樱、秋日赏枫；姐妹们一个个娇靥如花、衣锦盛妆，原本就无比风雅的赏心乐事，更因着她们的轻颦浅笑、离合悲欢，而让人原宥了那份对美和奢华的耽溺。

《细雪》从 50 年代到 80 年代三度被搬上银幕，以市川昆1983 年拍的最为华丽讲究，人物、景色无一不刻意求美，加上几十袭织金缕玉般的华贵和服，简直是一场视觉的飨宴。60 年代的玉女红星吉永小百合饰演娴雅端庄的三妹雪子，那年她已三十八岁，扮演花样年华的待嫁女儿依然显得青春妩媚。电影拍得如诗如画，第一次看到时的惊艳之感久久难忘。谷崎的文字凝止了一段永远不再的古典时光，铺陈留守在京都这个似乎没有时间感的古城里。

走在京都的大街小巷，时时都感受得到一种无所不在的、历久弥新的文化气息。我想这一部分要归功于那些无所不在的海报吧：表演、展览、演说、座谈——各种各色的文艺活动节目，都由到处张贴的海报广作宣扬。在祇园一带逛了小半天，我已耳熟能详哪里的艺伎有公演，阪东玉三郎又要表演歌舞剧了，可惜来不及看，前田青村在近代美术馆有个特展正好赶上——啊，竟然还有一项"谷崎润一郎与京都"特别展览，展出作家的手稿、书信、相片、遗物等等，为期一个月；重头戏则是他的儿媳妇渡边千万子与一位文学教授的对谈——显然是配合她最近十分轰动的

市川昆版《细雪》电影海报

新书而安排的节目。说起这本书，连我都有所风闻：不久前，谷崎的儿媳妇出版了一本翁媳两人之间的书信集《谷崎润一郎——渡边千万子往复书简》（以下称《往复书简》），备受瞩目，以致这位去世已三十多年的作家在文坛又掀起了一阵热风。对于这位耽美颓废派的一代文豪，尤其他晚年又写过《疯癫老人日记》这部极易引人"对号入座"的小说，人们多少有着难以压抑的窥秘欲望——会不会在这些书信的字里行间，窥出一段翁媳之间的不伦之恋？或者至少像《疯癫老人日记》里写的那样，一个肉体衰老而情欲依然炽旺的老男人，对他儿媳妇怀有的性幻想？

细看海报上的日期，我不仅赶不上参加"对谈"一睹女主角的丰姿，连展览会都是在我走后一星期才开始。心想只好作罢了。

于是，我和惠子继续在祇园一带闲逛，欣赏传统屋舍建筑和匆匆行过的盛装小艺伎。走进一家原是艺伎屋改装成的画廊，那里正在展售用旧和服的精致腰带缝制成的手袋钱包，我们看完才发现设计师本人也在，就坐下来与女主人、女艺术家品茗闲聊。不知怎的，提到了《往复书简》这本书，女主人很热心地告诉我们：渡边千万子还在京都，而且就在"哲学之道"上开有一家咖啡馆，值得一访。我和惠子本就计划到那一带走走，那附近还有一座以枫树闻名的寺庙——法然院，也是我们想去一游之处。看来此行跟谷崎毕竟还是有缘！

惠子原先对谷崎的兴趣并不大，可是到了这时却已像在追踪一个故事舍不得放手了。好在次日上午是个和美的晴天，正适合寻幽访胜。"哲学之道"早年因邻近京都大学，教授们爱在那儿散步沉思而得名，日后则以樱花著名了。沿着运河，两侧小径上密植樱树，春花灿丽时美不胜收；只是此时樱花已尽落而枫红尚遥，在脑中重构图像得动用一点想象力才行。不过流水淙淙的小渠还是雅静，樱叶也好看，锯齿状的叶沿十分秀气，嫩叶的颜色正是青春岁月之色。路边的店家多半不是售卖手工艺品，就是和洋式吃食店，气氛装帧都还有一定的格调水准。

走到几乎尽头才看到千万子的咖啡馆，在一栋白色洋房的楼下，取的是法国名叫 Atelier de Cafe，装潢布置也是法国情调，相当明亮宽敞。迎门柜台上放置一叠书，便是《往复书简》了。我翻了翻，没有作者签名。向店员打听女主人可在？答说她下午才会来。惠子当下便买了一本书，我俩点了咖啡，来到有水池和小瀑布的前庭，坐在遮阳伞下慢慢翻阅。

谷崎润一郎生于 1886 年，这本书信集是从 1951 年他六十五

渡边千万子的咖啡馆

岁到 1965 年去世为止，共收谷崎的二百零五封信柬以及千万子的回信八十八封。其实，两人并没有在一起共同生活多久：谷崎长住热海，在京都，所以交谈都靠书信往返。

千万子的外祖父是名画家桥本关雪，她毕业于同志社大学文学系，论文题目是毛姆的小说研究；嫁给谷崎继子时才二十出头，据说对这位文豪家翁非常崇拜。有意思的是：到了后来情况却反转过来，变成老人对年轻儿媳的仰慕与精神上的依赖。在"谷崎润一郎与京都"特展的海报上，摘录谷崎晚年写给千万子　封信里的几句话，显示了这份奇特的关系："近来甚多（对我作品）的赞美令我不禁飘飘然，然而你是唯一不吝给我批判和非难的人，还请继续赐教……"据说，谷崎确是非常尊重千万子对他作品的意见与评价，几乎到了言听计从的地步。对一个称不上是同行并且小他几十岁的人，大文豪会毫无保留地付出如此坚定的信任与依从，使得作为同是写作者的我，感到不可思议极了。

我请惠子挑几封有趣的信译给我听。有一封是谷崎央千万子寄一帧近照给他，注明"要全身的"；另一信要她寄去脚样，为的是替她到香港定做绣花鞋，这双脚样就被他留下了，书里有印出来——不禁令人想到《疯癫老人日记》里的主角卯木迷恋媳妇飒子的脚——当然，谷崎原本就有拜脚狂，在他早年的小说中就看得出来。还有为着她穿紧裤子好看，谷崎的一位画家朋友栋方志功，为穿七分裤、手拈一朵大丽花的千万子作了一幅版画（海报也采用了）；有一帧翁媳两人的合照，正坐在那幅版画之下，白发红颜的对比非常强烈，谷崎却显然很喜欢，写信告诉她："若有人说你不美，让他看这照片！"这些言行若出自常人可能惊世骇俗，但想到是写《键》《痴人之爱》《春琴抄》《疯癫老人日记》的谷崎润一郎，也就不足为怪了——甚至还算相当"发乎情止乎礼"，窥秘者可能会有些失望呢。

却是有一封谷崎死前三年写的信引起我们好奇：他委托千万子捐十万日元给京都法然院；这在当时是很大一笔数目，为什么这么做，而且要通过她？这使得我俩对法然院更有兴趣了，决定吃过午餐就去参观。

我们不想在这家店里吃洋式糕点，于是找到"哲学之道"上一家素朴的日式小店。老板娘人很和气，惠子便随意问她可认识渡边千万子？巧的是这位老板娘竟在千万子的咖啡店里打过工，告诉我们渡边女士人很和气，外貌保养得很不错，常去学跳正规交谊舞云云，看来她在这一带也算是个名人了。

打听一下路径，原来法然院就在后面山坡上，不用几分钟就走到了。午后的寺院几乎没有游客，非常幽静。这里以枫著名，春天的枫树上全是初叶；最可爱的是叶子顶端那些小小的种籽囊，或粉或白，带着翅膀有如小螺旋桨，随风飞飏在空中，找寻合适的土地散播延续生命。我被这些小翅膀迷住了，看得出神之际，惠子已与扫院人攀谈起来，才得知一桩重要的讯息：谷崎润一郎的墓就在这寺院里！

一时之间真有误打误撞、得来全不费工夫的侥幸之感。难怪谷崎死前三年捐赠巨款给法然院，原来如此！

在扫院人指引下，我们很快就找到墓地，是谷崎和渡边两个家族并列。说来有些复杂：千万子的丈夫清治是谷崎没有血缘关系的继子，后来清治又被过继给谷崎的姐妹渡边，所以媳妇跟着夫君姓渡边而非谷崎。两家的两方墓碑都是谷崎题的字：一为"空"、一为"寂"；他自己葬在"寂"那一边，一株樱树之下。墓碑是未经打磨、形态拙朴自然的大石，颇不落俗套。站在墓旁，便可俯视千万子那幢三层楼白色洋房——果然正如谷崎生前写过的：死后要葬在京都，守在千万子身边。

出了法然院、走下山坡，我俩又走回到咖啡馆；然而女主人还未来，也不知几时才会到。我们决定不等她了。对谈要在十天之后才举行，我是赶不上了，纵使赶上也听不懂，若是只为看那位女主角……或许不看也罢，她现今该是谷崎当年开始写信的那个年纪了。再过若干年，她岂不是也要到法然院去，永眠在那块"空"字碑下，"寂"字碑旁？到了那时，谷崎若是有知，才当心

谷崎润一郎的"寂"字墓

满意足了吧。

　　那晚在下榻的日式旅馆房间里，吃过精致又地道的时令料理，我与惠子两人饮尽一大竹筒的清酒，微醺中，她倚几捧着《往复书简》读得津津有味，我却漫漫想着这一天的际遇：冥冥中与一位作家的魂灵打了个照面，却与他的缪斯缘悭一面……

　　花季过去，日本人把樱花瓣腌渍起来做成吃食，殷红如染如醉，陈列在瓷碟中另有一种凄艳，我却难以入口腹。樱花的这份美是作为观赏的，美在须臾空寂，若是爱到把花吃下去，成为自己肉体的一部分，岂不是有些病态了？不免又想到谷崎作品里的病态之美：衰朽的肉体，炽旺的创作生命力——痴人之爱，他爱的其实就是生命本身吧。肉体之美，正也是美在那是盛载活生生的生命之容器啊。

离开京都之后我便去了北海道——北上不是为了追花：虽然札幌还有樱花，却已是零落分散，完全没有那花季的气氛了。去北国应是冬日赏雪，我去的更不是时候了。风花雪月，怎的总是不合时宜呢——或许，这就有点像一桩出现在生命中错误时段的恋情吧。

梦浮桥

孤心已飘远，弃离浮世忧。浮舟虽遥去，未辨俗岸径。

——《源氏物语》和歌

又来到京都了，然而"春已非昔春"——去岁来时虽然错过了花季，在霏霏细雨中还感受得到些许春寒；今年晚了十几天已逢上暮春，竟有初夏的景况了。讲究节令陈设的料理亭，伴随食物端上桌来的点缀花木已是唐菖蒲与竹叶，清酒也是盛在冰冻竹筒里的冷酒，季候的嬗递浮现在这些纤巧的细节上。

此行又是匆匆去来，原先并未刻意要寻访些什么人物地方，然而浮世难料，萍水聚散往往总是在不经意间。

上路之前，行囊里放一部平装本《源氏物语》，旅次中一有闲空就捧起来读上几段。说也奇怪，似乎因这缘故，一路几乎处处逢"源"——总是遇见跟这本书有关的事物；全是无心的偶遇，串接起来却像一份宿缘。

我们下榻处是一家雅静的日式旅馆，从建筑风格、装饰布置到待客之道都非常传统——据说现任少东主已是第四代经营者了。穿着初夏轻简和式服装的女侍，亲切又恭谨地延我们入接待间奉上茶点，我便发现门侧木牌上写的是"桐壶"二字——这不正是《源氏物语》第一帖的篇名吗？到底是京都！我在心底暗暗赞叹。后来在旅舍的回廊间闲步，才发现每个房间的名称全是《源氏物语》的篇名："花宴""松风""初音""葵"。晚餐设在"萤之间"，我们住"篝火"，是书中第二十七帖。

然而去探访作者紫式部的故地，却是不曾料想过的事了。

离开京都之前，原先的计划是一早就乘特快车到琵琶湖东的米原，在湖畔游玩一天，夜宿米原的湖滨旅馆。车票早就预购好了，根本没有想到要在中途做任何停留。同行的女友惠子，却在无意间提起：京都附近小县石山有座"石山寺"，相传是紫式部写作《源氏物语》的地方；从京都驿乘东海道线慢车过去只要十五分钟。我一听是跟源氏物语如此切切相关之处，当下就决定牺牲这张快车票，改乘慢车去石山。即使真迹早已渺不可寻，倘能凭借今日的山石风情，想象这部文学作品诞生地当时的景观，也不该擦身错过啊。建于平安中期的石山寺，原是一座观音寺，后来自然是以紫式部而著名了。傍依着源自琵琶湖的濑田川，境内果然有石有山：那里的石头峥嵘却不凌厉，屏耸憧叠，伟岸与秀丽兼具；加以山间林木苍翠，就算没有紫式部也是个值得一游的所在。除了规模最大的本堂之外，还有一二十处殿室；紫式部写作的"源氏之间"在最高处，幸而路阶攀登起来并不吃力，正好欣赏奇石景观。半途看见许多彩旗和大幅海报，才知道竟逢上为期三个月的"紫式部与石山寺文物特展"，真是意外惊喜——

京都石山寺庙

更是像冥冥中安排了我这误打误撞的一行。

　　这部号称世上第一本长篇小说的《源氏物语》，算来已是一千年前的作品了。全书五十四"帖"，类似中国小说的"章""回"，长达百万余字。"物语"就是（说）故事，原是博学多才的女官说给后妃们听的故事，打发宫中春花秋燕的悠悠岁月。故事主角是才貌双全、世间罕见的多情皇子光源氏，前四十帖写他一生的爱恋情事，缠绵唯美又耽溺；甚至当他和至爱的女子们都离弃人世，下一代的故事已款款展开了……书中对当时贵族宫闱的生活百态，从语言、服饰、器物、文章，到四季景色的游赏、重大仪式的规矩，无不细腻描叙，历历如绘卷；加上近八百首日本古典诗歌"和歌"穿插其间，处处可见盛唐文学的影响。

一千年是何等漫长的时光啊，然而读着物语中人物的种种聚散悲欢、爱憎嗔痴，竟像身畔眼前的形色人事。可惜这位擅说故事的才女，除了家族姓氏，竟连本名也不曾留下——"紫"是书中女主角之一的名字，"式部"是她兄长的官衔；作者承袭了自己笔下人物的名字流传后世，恐怕是文学史上绝无仅有的吧。这位东方的谢赫拉莎德，把故事讲得华丽妩媚，如梦如幻；然而愈近终卷愈趋悲悯无奈，似参透又似难以勘破自拔，却道尽了情色的虚空、荣华的无常——这正是"物语"最迷人之处。

　　寺中展览的字画，包括平安时代后期"源氏物语绘卷"的仿本，以及镰仓、室町、桃山、江户各时代的"重要文化财"，有早自五六百年前的原件如扇面、绘卷、画帖、屏风等等，多半取材自《源氏物语》某一帖的故事场景；甚至有一方据说是紫式部用过的古砚。最多的还是各朝代画师所绘的紫式部图像以及一尊江户时代的紫式部塑像——当然都是凭借想象而造，容貌各异；相似的是图中人那委地的长发和繁复华丽、层层叠叠铺陈迤逦的衣裙，那正是平安朝代贵族女子的装束。其中有五幅皆题为"紫式部石山观月图"，画中人执笔望月，若有所思——据说落笔那天正是八月十五月圆之夜，遥望濑田川波平如镜，月华似银；她构思多年、娓娓讲述过的故事，就此在笔端纸上流传了……

　　紫式部使用的是女性的书写文字，和文。当时怎会料到：在她纤纤素手所持的笔下，自此竟展开了传承千年的靡丽婉约的文学风格。而眼前这些字画文物，便远不如文字本身令我感到亲

想象紫式部写作神态的塑像

切了——即使是通过翻译的文字。我其实可以不必与她打这个照面的，只听她说故事就够了——而那是一个再也说不完的故事。"《源氏物语》的笔调，滋润柔媚得似乎可以不要故事也写得下去……"散文家木心也这么说。最后一帖《梦浮桥》尤其像是未竟之篇，不仅没有百万字皇皇巨著的千里来龙在此结穴之意，甚至连那一帖本身也像未曾道尽便悄然中断了一般，有三分突兀，七分意犹未尽的余音袅袅。

离石山不远有一处地方叫宇治，书中那些美貌痴情的人物，也在这一带活动过；《源氏物语》的后十帖亦被称作"宇治十帖"，正是因为场景从京都移到了宇治。那时源氏已故，主要角色换成他的儿孙辈，女主角有个最美的称谓"浮舟"；故事更是跌宕凄艳。物是人非，眼前这些山石流水，可曾见证过他们的离合悲欢？听说那儿也有一间"源氏美术馆"，没有时间去看，却也并不觉得有什么可惜。让传说与想象为一部文学作品增添传奇色彩吧！我愉悦但并无留恋地离开了石山寺，近旁的花园"源氏苑"也不想去看了——读过书中对源氏豪邸"六条院"四季胜景、花团锦簇的形容，世间还有哪座刻意附会的庭苑，能及得上阅读时的想象之美呢？

我们的车沿着濑田川行了一段，远处川上有座样式古朴的桥，惠子指给我看，说那便是有名的"濑田唐桥"。回望远方的桥，又让我想到"梦浮桥"这迷惑人的篇名，究竟是意何所指呢？那对我一直是个未解之谜。

既然人在石山附近，听说贝聿铭设计的 Miho 美术馆就不远了，乘车四十分钟可达。我得知又不免心动，贝氏的建筑设计本已是我非常欣赏的艺术，我更好奇的是，在深具强烈美学传统的日本，尤其在京都附近，贝聿铭的个人风格能否成功地融合其间，甚至凌驾其上？他会赋予这座建筑什么样的中心理念？但不论怎样，源氏物语的世界与贝氏建筑分明是两个世界。去，心境怎能调和？但若不去，又有失之交臂的可惜……

结果还是去了。以后会不会再来这一带到底难说，读了《源氏物语》，更该深切体会人世的无常、世事的难测啊。

出乎我意料，树木悉数种回来；"复原"的工程之繁浩，远超过开疆辟土。深藏不露，别有洞天，是 Miho 美术馆的特色。馆主——"神慈秀明会"的创办人和她女儿——的构想，正是要设计成陶渊明笔下的桃花源那般境界。从外面世界进来，必须把车停在接待站，在那里乘坐美术馆提供的电动小车或步行，经过一条隧道和一座桥——照明黯淡、冗长的不锈钢隧道，予人一份置身时光隧道之感；有意的转折设计，让人迟迟不能见到隧道末端外头的光景，一直要到走出来，眼前忽然大亮：一座拱门耸立如半圆形的竖琴，数十柱"琴弦"一端来自隧道尽头，穿过拱门系住桥的两侧栏杆，这时右前方才遥遥出现那座既具日本宫殿形象又有贝氏风格的蓝色建筑。是的，一如《桃花源记》的叙述："山有小口，仿佛若有光……初极狭，才通人。复行数十步，豁然开朗……"

走进月洞门形的美术馆大门，面对大厅的大扇玻璃窗，窗外赫然一片绿野，近处苍松挺立，远方遥遥可见贝氏在此之前为"神兹秀明会"设计的钟塔，形状是日本三弦琴的"拨子"给他的灵感。这时再回首，透过月洞，眺望那座带引我过来的桥，桥的彼端是拱门与幽森的隧道口……再过去的外面的世界，竟像是一个不可测知的未来了。

此桥此景，竟还是把我拉回到梦浮桥的物语世界去了——这不就是一座从人间通往桃花源的桥，也是从现实引渡到梦幻的桥吗？桥这一端是此际，桥的那一端是彼岸。原以为根本无关的一座现代的桥，却隐隐接连上千年前那座梦也似的、浮世间的虚幻之桥了……

那晚在琵琶湖畔歇宿，"梦浮桥"的意象始终搁不下。为什么终卷篇名要取这三个字呢？在半醒半寐的蒙眬中，石山寺白的景象渐渐转成夜晚，一轮明月从湖上冉冉升起……是了，一千年前的那个月圆之夜，阅尽世事的才女，已在石山寺彻悟人生了——情牵爱欲无非是梦，难以捉摸更不可恃；而"浮"字在日语中发音同"忧"，岂非忧思之意？"浮生""浮世"的虚飘徒然

Miho 美术馆前的大旗

贝聿铭的通往"桃花源"的隧道桥

就更不在话下了。至于男桥——接引度化，是要把有缘人带向桃源仙境呢，还是走向另一处更不可知的彼岸？

一千年了，故事没有讲完，梦亦犹未曾醒；世间处处仍如浮桥，引度那些相信美丽的文字可以编织成梦的痴人。

水　痕

　　抵达水城威尼斯的时刻，天色已近黄昏了。从马可·波罗机场搭乘的水上巴士，乘风破浪般朝向圣马可广场驶近——那儿是终站也是起点：我要在广场前的码头下船，再换乘大运河上的小船，在艺术学院附近找到我的旅舍，然后开始我在威尼斯的游访——在苍茫的烟水暮霭中，广场上高耸尖削的钟塔、圣马可大教堂壮丽的圆顶、执政官宫殿那有如缀着蕾丝边的城墙，全都神话般地渐渐显现了，美得几乎不可能。我心头无端浮起《航向拜占庭》那诗题的意象。威尼斯的第一晚，我是全然孤独的。我比旅伴们早到了一天，而他们对我来说其实也等于陌生人。在清冷的旅舍里忽然想道：这么热闹、著名的大城，这么多的居民和更多的外地来的访客，其中竟然没有一个我认识的人——一个也没有！那一刻，我感到一份非常稀有的无羁与自在；于是立即披衣出门，在深夜的水巷里随意漫行——不必怕迷路，我一夜回不了旅舍也没有人会担心。

　　跨过不知多少座小石桥，我不时在桥上停步，凝视桥下在黑暗中显得深不可测的流水，聆听停泊的船只，在若即若离的晃荡中，轻轻拍击的水声如喁喁私语……不久之前才读到过一段文字，那缤纷的意象在我行过桥时悄然涌现："一个巨大的大理石圆弧，使得天空暂时变得模糊了，忽然间每样事物都满溢着光，'Rialto 大桥'，她说……"是的，Rialto 大桥——大运河上三座桥里最美丽壮观的一座，明天我就会看到了。我想起写这段文字的人也在威尼斯——虽然我们只是多年前打过一个短暂的照面，而这人已不再活着……但是如果这也算得上某种关联的话，那么，在威尼斯，在这个秋天的夜晚，总算还有一个我见过的人，此刻正长眠在这里。那是一个十年前见过一面的诗人。从旧金山到威尼斯的这一路上，我读着他写的一本关于威尼斯的书，是许多篇像诗的散文，非常奇特而优美；我一边读一边感觉靠威尼斯更近了。我知道他葬在威尼斯北边一水之隔一个叫圣米凯莱（San Michele）的小岛上；那岛别名墓岛，据说整座岛就是一个大墓园。那才是"威尼斯之死"啊——死在威尼斯的人就葬在那里。

书名叫 Watermark——"水痕"，用英文写的。我掀开第一页时就想：总说是船过水无痕，那么什么是水的痕迹呢？——莫非是水的伤痕？

十年前也是这样一个秋天的晚上，我在斯坦福大学聆听诗人约瑟夫·布罗茨基（Joseph Brodsky）的演讲。在那之前五年，他得了诺贝尔文学奖；而当时他正膺任美国桂冠诗人。可以想象有这么一位演讲者，会场里拥挤的程度。我到时已座无虚席，茫然四顾，正欲效法迟到的学生们坐到阶梯上，却见站在讲台前的主持人朝我招手："第一排最边上还有一个空位。"我急忙跑过去

丽雅托大桥

坐下，邻座一个老教授模样的人对我友善地微笑点头，我心不在焉也没怎么理会他，只好奇地在座席中寻找布罗茨基——见过他几年前的照片，看起来是个非常潇洒的诗人……

主持人在台上致了简短的介绍和欢迎词，就朝我这方向做了个邀请的手势；大出我的意料——邻座这位"老教授"竟然起身上台去了。我这才看清他非常随意，甚至称得上不修边幅的穿着：半旧的人字呢外套，泛白的牛仔裤，黑领带；大半的头发已秃……那年布罗茨基才五十二岁，但已显得不符年龄的臃肿苍老。难怪我认不出他来。

说是演讲，其实大部分时间是朗诵诗，当然，对每首诗也有简短的说明。我只记得他读诗的声音，至于他谈到作为一个"非自愿的流放作者"，具体说了些什么——也许并不曾说了什么——我却是毫无印象了。他念的十五首诗，英文俄文的都有，还有英俄对照的。俄文诗更像吟哦，听起来很像神甫念拉丁祈祷文，有的甚至像唱歌。他的俄文诗音韵感特别强，我虽一个字也不懂，却特别被他的母语诗感动。这使我想到很久以前读过的一位表演艺术家的轶事：忘了是哪位女伶，有一回在一家外国餐厅里，随手拿起一篇文字表演朗诵，众人一个字也不懂，却全被她的声音感动得几乎泪下。后来她才透露，她念的是桌上的菜单。我想这是可能的，因为诗原是该当成音乐欣赏的。

结束后演讲人下了台坐回邻座。我为自己先前的心不在焉感到有些不好意思，在大批观众和仰慕者涌上来包围他之前，我礼貌而简短地报了名姓，并且说："我跟你一样，也是个流放作家。"随即又加一句："不过你是非自愿的，而我是自愿的。"他淡淡地说："It doesn't matter.（那无关紧要。）"后来我常思索这几个字：他是什么意思呢？是流放的痛憾才是最紧要的，无论是因为自愿或非自愿？还是作为一个写作者，只要好好地写，流放与否，自愿与否，并非最关紧要？可惜我当时没有追问。当然，这问题的答案其实也是无关紧要的。

四年之后，他死在威尼斯。

一个晴朗的上午，我决定到墓岛上走一遭。时令虽然才过仲秋，威尼斯的气温却已比欧陆低得多，早晚更是凉气逼人，墓岛想必更冷了。这样的气候让我有些措手不及，带的衣服既不够暖也不够厚，我的肌肤充分体会了傍水之城特有的水寒。

然而布罗茨基写他十几、二十年来总在威尼斯过冬，住在暖气不足的房间里，不止一次冻出病来。他深爱冬天的威尼斯，守着盟约般地按时回来，像另一种乡愁、另一类候鸟。而这一切始于许多年前，他还在当时叫作列宁格勒的家乡圣彼得堡，被一幅圣马可广场的雪景深深吸引……当然，还有其他的文字意象让他念念不忘。多年后，也是在圣马可广场，有一个夜晚，他目睹了来自海上的浓雾，如白色大军入侵，沉寂而迅捷地吞噬了整片广场。（后来我遇到一个深秋来过威尼斯的人，对我形容那儿秋冬的雾：如此浓密厚重，当他穿过包围着他周遭的浓雾时，真觉得像穿过一道固体——一道雾之墙。我瑟缩着身体，却在想下次一定要在冬天来。）

圣米凯莱岛，亦称墓岛

从威尼斯北岸可以清清楚楚看见墓岛棕黄色的墙垣，没有桥通过去——还没近到那程度，也没有必要。乘船却是不消几分钟就到了。乘这条船线的人多半是去下一站，以吹制精美玻璃闻名的木兰诺岛。在墓岛下船的人也有好些，却都不是观光客了。我自问我是观光客吗？别人看我一定是的。

如果我手中也捧一束花呢？观光客就不上坟了吗？

墓岛上风大，果然比威尼斯还冷。墓园比想象的还广阔，有几十个区，每个区看过去几乎没有分别：全是一大片一大片的墓碑和花束，全有美丽的雕塑、大理石台阶、拱门……一进一进的全都一个样，怎么找？我需要一张地图了。于是循路牌找到办公室，等了半天不见人影，一眼看见桌上一叠纸，不正是墓园地图！随手拿起一张就走。这下好办了，大家都要问的那几个显赫大名，全在地图上清清楚楚标示了出来。原来我要找的人都不在这些拥挤热闹的园区里。

写《火鸟》《春之祭》的音乐家斯特拉文斯基和他的妻子，以及当初赏识年轻的斯特拉文斯基而聘他作曲的芭蕾舞艺术家狄亚基列夫，都葬在东正教区，那是边陲地带一方有些荒凉的墓园，但斯特拉文斯基的墓上却不乏鲜花以及更多的纸片，上面画写着乐谱、音符和各国文字。

美国诗人庞德和布罗茨基都葬在新教徒区——没错，布罗茨基终究没有与他的俄罗斯同胞们葬在东正教区。新教徒区不像东正教区那么荒芜，但仍比不上外头那些花园般的墓园。布罗茨基的墓相当朴实，竖立的碑上只有简单的三行字：他的俄文姓名、生卒日月年（"24：V. 1940-28. I. 1996"）和他的英文姓名。一个

诗人庞德之墓

一生都在书写文字的人，墓碑竟然如此简单，有些出人意料——
然而也该是这样吧：所有的文字都印在书里了，没有必要再刻在
石碑上——也可能没来得及考虑碑上的文字，或者根本就没想过
要给这地方留下什么遗迹……

　　然而访者的遗迹却极多：平躺的墓石上除了花束、烛台，还
有许多名片和写满字迹的小纸条，有的散置，有的小心地塞进一
个透明塑料大封套里（我有些好奇：封套塞满之后怎么办？）墓
碑顶上堆积了许多小石子，杂着小贝壳，甚至钱币。来到这里的
人，都想留下一点什么吧。

　　我也弯身捡了一颗小贝壳，轻轻放在墓碑顶上，和其他许多
小石子一起。正奇怪地上怎会有那么多小贝壳，才想到这本就是
个海岛。最特别的是墓石上的一个玻璃筒，里头插了二三十支
笔。我看过不少作家的墓，这是唯一有笔筒的。我掂掂自己手中

布罗茨基之墓

这支笔，想它兼负笔记和写生的重任，不能捐献出去加入这独特的笔阵了。

真没想到有这么多人来拜访他。从书中看，他在威尼斯的冬天好像都过得很寂寞。当然，他是会享受这份寂寞的，就像我在这儿的许多时刻。他说威尼斯的街巷像书架，家家户户的门扉是书脊，夜晚的城市是安静的图书馆。我却常在一个又一个夜晚安静的图书馆里，听到华丽的音乐如水般从华丽的殿堂流淌出来，我驻足在门外聆听，浑身被音乐浸得湿透而快乐无比。想来他在许多个冬夜里必也体验过类似的快乐，才会说"音乐与水是孪生的"。

他写倒影，镜中的、水中的；异乡旅舍房间镜中的倒影也变得陌生了，就像没有伴侣的冬夜，然而他一次又一次回来，只为他的眼睛爱上了这座城市的美——"美是安全"，他这么说，"这里是一个梦，我不断回来我的梦里。"他的身体和笔追随着眼睛迷恋的美，追随一个梦，一个冬季又一个冬季，直到最后那个宿命的 1996 年的冬天。

书中有一段提及，有一晚他乘坐友人的小船，从北岸划出去，绕圣米凯莱岛一圈再回来。他形容船如手掌，滑行过水的平滑的肌肤，如温柔无形的爱抚……他几次提及墓岛。

但可曾想到过有一天长眠此岛呢？应该是想过的吧。他有一颗衰弱的心脏，在冬日的威尼斯不止一次犯过心脏病。流亡的作者啊，他真是流亡得够彻底了，死也不回故里，宁可死在这里——只为他爱这里，而爱，是"一个倒影与它的对象之间的情事"。而只有在这建在水上的城市，才处处有倒影。

走出他的新教徒墓区之后，我又在外面那些漫无止境的大理石碑林里迷路了。我记得读到过关于墓岛的规矩：大部分的尸骨，在下葬十年后便要掘出迁葬别处，让位给后来者。不过这几位外国名人倒是享有永久居留权的，布罗茨基大概不会受到这种干扰。

我找到码头时忽然钟声大作：是正午了。我在威尼斯常会失去时间的观念，然而钟声和流水又总是不断提醒我时光的流逝。"Water is the image of time."（水是时间的形象），书中这句话我记得最清楚。古今中外，写水最后似乎总是免不了写到时间。水就是时间——或者说，流逝的时间。有一天，当这里的每一个人——居民也好，访客也好——都不存在了，只有水，还是会在的。或许有痕，然而已没有人知晓了。

情人的家

　　情人的家面对着一条河。来自水上的南国的气息，穿过这座典丽的砖石宅第的前院，穿过欧洲风韵的拱门，把四季的微风吹进雕梁画栋的中国式大厅里。大门前的河岸边，有一排搭着布篷卖水果的摊贩，河上有运载鱼鲜和干货的小船，对岸遥遥可见一口口腌制鱼露的褚色大瓦缸。沿着河往东北方向过去，在跨河大桥还没有兴建起来的年代，人们在那儿搭乘过河的渡轮，通向对岸的西贡。

　　这条河叫湄公河，这个地方叫沙沥，距离西贡一百四十公里。

　　就是在那艘渡轮上，她和她的中国情人相遇。那年她还不到十六岁，他二十七。

　　衣着讲究的中国青年从他的黑色轿车走出来，走到凭着船舷眺望江景的小女孩身边。他俩有一搭没一搭地交谈着。他告诉小女孩，他的家就是那栋"河边的大房子，阳台上有蓝瓷栏杆"的。他形容那种颜色是"明亮的中国蓝"。

　　然而当我来到这里，在一个冬天的日午，我眼睛里看见的栏

"情人的家"面对着的一条河

杆，那蓝色已经消褪成一种淡淡的影子，近于白，但不能算白色
了，几十年风吹雨打下来呈现的其实已近灰色，奇怪的是反而
有一种陈旧的美，不是来自颜色，而是颜色消逝后遗下的岁月
的影子。

　　这是一栋风格奇特的房子。门面猛一看是欧洲文艺复兴式
的，一排大大小小五个拱门。再看一眼后上方，却会发现中国南
方庙宇式的飞檐和装饰。进了门就是浓烈的中国风味了，而且是
南中国的。不过地上铺的瓷砖却是从法国运来的。大门上方的匾
额题的是兴建这栋屋宅的主人的姓名。进入大堂，迎面的神案
上方供着关公画像，须髯飘逸；两侧的联语显示主人求的是财

情人的家　143

"情人的家"

欧式的门面，挂着
中式的灯笼

与福。神案雕琢得金碧辉煌，一路往上延伸跟雕梁画栋连成了一气——事实上这整座房子的梁柱和门扉都是不厌其烦的雕琢，涂金，漆红，连几件硕果仅存的家具也是繁复地嵌镶了螺钿的红木。

第二进的小厅正中间一张大烟榻，当年住人的时候当然不会摆在这么显眼的地方。烟榻细致嵌镶的螺钿十之八九都已经被挖掉了。据说，这家人全都出国以后，屋里值钱些的东西都被住附近的人进来搬走了。小厅两旁各有一间小厢房，房里放两张单人床，供给想在这里过夜的旅客留宿，一晚三十美元。

第三进更小，两旁也各有一间小厢房，堆放杂物。后院曾经有车库和厨房，两侧也有些房间，现在都被拆除，原有的果园也早已不存在了。从私人住宅变成公家机关又变为文化景点，内部的改变是无可避免的吧。然而这栋屋子竟不是如我原先以为的那么豪奢气派，只是看得出当年建工的精致和华丽。我完全无法想象情人住在这栋房子里，在里面走动，睡觉，吃喝，思念。我看不见他的身影，这里似乎没有一处地方容得下他。这栋建筑只剩下一副供给游客观赏凭吊的外观而已了。

小女孩从未来过他的家。她一定经过，也远远从河上看见过，这栋当年还是蓝色的中西合璧的宅第。他也并不喜欢自己这个家，他怀念巴黎，少年时在那里读书的日子。然而他还是在这里娶妻生子。时局动荡的年代里，他时而远居海外，时而回到这里暂住，最后却是死在这里，像一份宿命。

他是1972年去世的，正好七十岁。那时他的妻子儿女都已定居海外，他死后再没有家人要这栋房子，于是被当地政府收下，用来作警察局的办公处。1991年法国导演-雅克·阿诺（Jean-Jacques Annaud）来西贡拍摄电影《情人》，还无法进入这栋房子，只好借用河对岸另外一栋宅第，拍摄情人回家见父亲的那场戏。

大堂两侧的墙壁上挂着好些幅黑白旧照片。右侧是她，左侧是他。

小女孩后来成为法国名作家玛格丽特·杜拉斯。墙上是她年轻时和年老时的照片：小时在越南的全家合影，少女玛格丽特以及成名后大家熟悉的杜拉斯那张沧桑的面孔。更少不了的是电影《情人》的剧照，男女主角梁家辉和珍·玛奇；文字的，图像的，全都试着建构出一个曾经存在的人——那个在越南说法语的中国情人。

墙上《情人》电影剧照

另一面墙上，遥遥相对，照片里全是东方人，没有电影剧照，全是真实人生。相片里的男人是这栋房子的少主人，他的单人照，生活照，与新婚妻子的合照，与妻子和五个孩子的全家福合影，在国外，在海边……

他实在说不上是个英俊的男人，尤其在对面墙上梁家辉的剧照相形之下。但他有一份富家公子的闲适气派。可是在小女孩的眼中和书写中，这个男人总是紧张的、柔弱的、羞怯的，甚至忧伤的。或许他那时还太年轻。他们后来都长大了，变老了，却为对方凝固了这一段湄公河上的时光和记忆。

这栋旧居是他的儿子在2006年返乡时收回来的。然后就修整成了一处"文化遗迹"，作为景点开放给游客参观。墙上家人的照片都是这个儿子捐赠的。

来这里参观的几乎清一色都是法国人。说法文的讲解员对

"情人"年轻的时候

着几位法国游客，指着墙上杜拉斯的照片比画着，滔滔不绝。我这唯一的东方人在这里竟显得有些稀罕，一位只会说越南话的年轻姑娘负责为我讲解。她亲切地端上茶和糖渍姜片，我们坐在挂着情人照片的这面墙下，啜着清茶，轻轻小口咬着又甜又辣的糖姜。南国12月天的日午竟还有些燠热，从河上吹进厅堂来的微风令人感到清爽舒适。姑娘像闲话家常般对我述说这栋房子的故事，回答我好奇的询问，我的导游尽责地为我俩翻译。

我的华语导游从未听说过这么一处地方。来这里是我临时要求增加的节目。他没有听说过《情人》这本书，也没有看过这部电影——在越南是禁演的，因为里面的性爱镜头。姑娘却说她看过影碟，还从架子上取下一本法文的电影专辑给我们翻阅。封面上除了片名 *L'AMANT*，还有两个红色的汉字：情人。

厅堂角落里有一架老式的手摇留声机，上面还有一张黑色胶质唱片。这是房子里唯一的一件器物，我可以想象他在这里逗留时会用到的。

在西贡——我总是不能习惯称那里为胡志明市——我住的酒店就在昔日称为堤岸的地方，华人聚居的第五区。许多年以前，情人在这一带有一间公寓。炎热的下午，他带她去到那里，卧室的百叶窗关着，棉布窗帘放下来，房间里很幽暗。街道上的喧嚣——行人大声说着中国话，木屐的脚步声，电车的噪音，烧烤食物的气味，灰尘味，茉莉花香……全被拦在窗外。几十年下来这一切似乎没有多少改变。整个城市在百叶窗的木窗棂外面，他俩在房里，探索彼此年轻的身体和灵魂，相爱，成为彼此的情人。她始终记得，她的情人皮肤细腻柔滑，身上有英国烟草、法国香水和中国丝绸的气味。

离开她的情人回到法国时她十七岁。《情人》（L'Amant）这本书写成、出版那年，她七十岁。同年，她因这本书获得法国最高的文学奖：龚古尔奖。在龚古尔奖加持之前，《情人》出版六个星期就卖了二十五万本；两年里，在法国的销量就有一百五十万册。这本书在全世界有四十几种文字的翻译本——当然包括越南文。

在写出这本书之前她已经是法国赫赫有名的作家。他也听说她的名字了，知道她就是许多年以前在湄公河的渡轮上邂逅的小女孩。有一回在巴黎，他查到了她的电话号码，鼓起勇气打电话给她，说想听听她的声音。他自己的声音开始发抖。他告诉她：他始终是爱她的，他一生都无法停止爱她，他会永远爱她直到他死去。听到他的声音和话语，已经走过长长人生的作家回到小女孩的岁月，在电话的那头哭泣，哭了很久很久。

他们没有再见面。

又过了许多年，就在《情人》改编成电影将要开拍时，她听到他多年前的死讯。她放下手边的编剧工作，提笔重写《情人》，那就是一年后完成的《中国北方来的情人》。故事结尾跟《情人》一样，还是他的电话……还有，她的哭泣。她终于为这段爱情写下了最后一个句点。

杜拉斯在书里一再提到，她的情人来自中国北方——"满洲"——抚顺。我第一次读到就觉得奇怪，怀疑19世纪的东北人会移民到中南半岛。我无从得知她是始终没有弄清楚她的情人的祖籍呢，还是有意把她的情人放到一个非常遥远的地方和氛围去。杜拉斯在一篇访问里说过：《情人》里的人物和处境都是真实的，甚至"没有一个逗点是虚构的"。

但我发现了，而且非常肯定：情人的祖籍不是抚顺，而是福建。讲解员是这么说的，当地人也都知道的。

情人的父亲黄锦顺是第一代移民，在西贡做房地产生意致富，1895年建了这栋临风面水的房子。"锦顺"似乎是个闽粤惯用常见的名字。房宅大门匾额竟然就是"黄锦顺"三个字——以自己的姓名为门匾实在不多见。大厅上的一对楹联也嵌了他的名字，"锦心恢世业/顺意绍箕裘"，洋溢着自满自许之情。

厅堂上金碧辉煌的匾额是当地华侨赠送的，为庆贺黄锦顺被法国殖民政府赐封了一个类似"知县"的头衔。匾上大书"中西共仰"四字，上款"大法国钦赐　　知县衔/沙沥福建会馆总理兼财政/黄府锦顺翁高升志庆"，下款是十五个人名或商号"同拜贺"。既是福建会馆总理兼财政，黄家是福建人更是毫无疑义的了。

还有一项旁证。附近一条街上有座"建安宫"，讲解员告诉我：当年华人修建这座庙时，一大部分是黄锦顺捐献的款项，至今看守庙宇的还是他们家族的人。我也去庙里看了，供奉的是保安大帝——那是福建人信仰的神仙。

很可能是当年那个小女孩听错了。对于那个法国女孩，抚顺和福建会有多大的差别呢？

厅堂的匾额

供奉保安大帝的"建安宫"

小女孩的家再穷、再破败也是法国殖民者，不会容许女儿嫁给一个中国人——或者越南人，总之是黄种人，无论对方多富有。而黄家少爷、元配的长子，当然不能娶一个破产的、负债累累的、声名狼藉的法国寡妇的女儿为妻。黄锦顺早已为他的儿子物色了一位门当户对的华裔富家女，长得非常漂亮，南方人，跟美丽的越南保大皇后是同乡。

儿子恳求父亲试着理解他对法国少女的这份感情，一种此生不会再有的强烈的爱情。父亲年轻的时候可能也经历过的，但现在已经无动于衷了。一个要"恢世业、绍箕裘"的第一代移民，当然也要自己的儿子承担同样的家业重任。他拗不过财大气粗的父亲——尤其父亲表示愿意替那家山穷水尽的法国人还债，让他们回国去。

就像大多数当时的中国儿子，他终于服从了他的父亲，娶了那个来自南方的漂亮富家女——新娘和小女孩同年。墙上的合影中，两人的头亲密地靠在一起。

"情人"和他的妻子

小女孩起程回国，他在西贡码头目送她，坐在他的黑色轿车里，远远望着她，靠着船舷，就像第一次见到那样。

他和妻子生了五个儿女，两男三女。两个儿子都在法国做工程师，有一个女儿在美国旧金山行医。我记起十多年前在巴黎，晚宴上遇见一位来自旧金山的医生，我们谈起杜拉斯，医生说：他的儿媳妇的祖父，就是杜拉斯笔下那位"情人"。英文里没有祖父与外祖父之分，现在回想，这位医生的亲家母，想必就是在旧金山行医的黄家小姐了。

晚年的他在法国与越南家乡之间往返来回。1972年突然中风病逝，恰巧是为了参加一个朋友儿子的婚礼回到家乡的时候。他独自葬在离家宅不远的墓园里，虽然旁边给妻子留有合葬的墓穴，妻子却选择长眠在美国，让女儿和孙辈陪伴她。

在巴黎的蒙帕纳斯墓园里，杜拉斯也是独自长眠。很简单的墓，长长的棺椁的形状，没有立碑，只是朝外的那端刻了她的姓名缩写，MD两个字母。没有全名，也许她并不觉得名字有那么重要——Duras 本来也不是她的原名。

在书里，他俩都没有名字。

来到他的家，我才知道了他的中国名字：黄水黎。越南名是 Huynh Thuy Le。对于她，这些一点也不重要吧。他就是情人，现在大家都这么称呼他了。他的故居，英文旅游介绍就称之为 Lover's House：情人的家。

（2011 年 1 月 6 日于美国加州斯坦福）

巴黎蒙帕纳斯墓园中的
杜拉斯墓

附："情人的家"前记

其实远在我去到"情人的家"之前的许多年，我曾经有机会知道比杜拉斯的小说里更多的，关于那个中国情人的事。然而我有意地与他失之交臂，为着一种有些奇怪的、不想面对文学背后真相的心情。

那是早在我去越南之前的十几年吧，有一次在巴黎的一个晚宴里，旁边坐的是我们认识的、同是来自旧金山的 J 医师。"他乡遇故知"，我和他聊得投机，话题带到法国的电影和文学，从龚古尔文学奖谈到了玛格丽特·杜拉斯的小说和电影，当然就谈到她的名作《情人》。J 医师忽然微微倾过身来说："你知道的，我的儿媳妇是个祖籍越南的华人。而她的外祖父——就是杜拉斯笔下的那位中国情人！"

我一时竟然怔住了。虽然杜拉斯自己也说过"情人"确有其人，小说是她的真实故事，"一切都曾经存在过"，真实得"等于我的地图"；而且后来当她得知情人逝世的消息时，又用更诗意的文字写了一本《来自中国北方的情人》，把她少女时代的这段经历又重写一次……但是我依然把文字和文字中叙述的故事当成虚构艺术来看。一旦面对着一个认识的人告诉我：不仅真的确有其人，而且那人并不是那么遥远的——不仅不是时空的遥远，更不是艺术虚构与实际人生之间的遥不可及……像是猝不及防地踏入一个从未想要探索的房间，我那一刻真不知该如何反应。

我在自然生出的好奇中又仿佛有些失落，好像目睹一个神奇的魔术正要被拆穿，既不想看却又按捺不住那份好奇心，错愕中我还很自然得体地问他："这么说，那桩事在她家族里并不是个秘密？"

"哦，当然不是。"J医师读不出我复杂的心思，饶有兴味地继续着："包括她的外祖母在内全都晓得的。他们一直都有彼此的信息。"然后他放低了些声音："听我媳妇说，她的外祖父其实一点也不好看，完全不是小说里的那种形象。"

我的失落感更凝重了，只好淡淡笑了笑说："哪个人会觉得自己的老祖父好看呢？她只是没赶上看到祖父年轻时的英俊模样吧！"

那次的偶遇让我思索虚构与真实的界限，和文学阅读者的"越界"对于阅读经验的影响。最后我还是克制了自己强烈的好

电影《情人》里的梁家辉

奇心，放弃了知道更多关于"情人"的事迹的机会，甚至不去追问他的姓——书中的"情人"是没有姓名的。我更不曾向 J 医师要求一睹他儿媳娘家人的照片。

之后那些年，"情人"对于我，还是杜拉斯笔下那个没有名字的、来自中国北方、出身富家留学法国、羞怯又大胆地爱着一个也是没有名字的法国小女孩的男子。他们在一个殖民与被殖民的国度、悲伤颓废的城街里，在截然不同的文化的冲突与交织中，释放青春肉体的激情，以逾越禁忌来作为对各自的巨富或赤贫的家庭的反叛，同时被无望甚至绝望的爱折磨着……

在我的阅读想象里，"小女孩"绝不会是那个烟容满面的老年杜拉斯，而情人呢——我甚至不让电影里梁家辉的形象取代文字编织成的想象。

十几年过去了，期间我曾去巴黎的蒙帕纳斯墓园，凭吊杜拉斯的墓。平躺的大石，没有墓碑，朝向外侧的一端刻着大大的

写《情人》时的杜拉斯，和少女杜拉斯——《情人》法文版的封面

"MD"：她的姓名缩写字母。在她的墓前我就想：她的情人葬在哪里？可是与另一个女人，他合法的妻子，合葬？

十几年后的一个冬日，我到了越南，在那个曾经叫作西贡的城市，得知情人的家就在不远的一处地方，对外开放，我随时可以让导游雇车陪我过去……我为自己设下的不可"越界"的禁忌动摇了，甚至溃退了。为什么不呢？这是一处杜拉斯生命中最重要的地方，一切从这里开始。一个写作者大河的源头。

没有太多的迟疑，我乘了一个多小时的车，来到一处叫作"沙沥"的地方，一栋面对着河的宅邸——情人的家。在那里，我甚至发现了杜拉斯不曾知道的事……

巴黎的忧郁

　　旅行是在心中带着你思念的人，或者书，同行——书中的文字、书写的人，总是在催促提醒你：旅行，为的便是回到那人与书的地方去探访、感受、印证……

　　因着一些人写下的深深打动我的文字，到巴黎总喜欢走访墓园——人虽已不在，看着碑石上的名字，想象曾经炽烈美好过的生命，对比宁静清幽的墓园，旅人的心会沉寂而明彻起来。

　　多年前第一次去巴黎，繁华胜景固然要看，也一心念着找到拉雪兹神甫墓园——只为那里面埋藏了至少半个文化巴黎：巴尔扎克、王尔德、莫里哀、拉·封丹、肖邦、比才、邓肯、莫地格里安尼……我还凭吊了园里的巴黎公社纪念碑：1871 年 5 月，巴黎公社最后两百名社员，在这堵墙前悲壮牺牲，墙上留下累累的弹孔。我也因而喜欢上法国女歌手娜娜·穆斯库莉（Nana Mouskouri）唱的《樱桃时节》（ *Le Temps des Cerises* ）——据说这首歌是当年巴黎公社社员们爱唱的，而五月天正是樱桃时节。

　　几乎二十年过去了，我在巴黎街头依然买得到她的 CD，盒

拉雪兹神甫墓园的巴黎公社墙

子上的照片依然与她的歌声同样甜美。时光的脚步在巴黎似乎也缓慢些。

时光在巴黎的墓园里就更悠缓了。又是五月天。这次去了蒙帕纳斯墓园：进门不远处就是萨特与西蒙·德·波伏娃的合葬墓。平躺在石板上的白色石椁，头那端竖起同等宽度低矮的墓碑，整个就像一张石床。碑上再简单也没有地刻着四行字：JEAN PAUL SARTRE/1905-1980/SIMONE DE BEAU-VOIR/1908-1986。靠碑处整整齐齐摆着一排小花盆；另有几支散放的花朵，长茎的红玫瑰，我想是给波伏娃的。

一名东方女子手捧日文巴黎观光手册，走近用生硬的英语问我：德·波伏娃的墓在哪里？我指指萨特的墓，她说不，她找的是波伏娃。我把两手并拢比个手势，说："together..."她恍然大悟："together?!"

极短暂的刹那，我在她脸上看到一抹近似怅然若失的神情。

萨特与德·波伏娃的
合葬墓

我和这名素不相识的女子，竟然有着同样的想法吗？——这样的
安葬，当然是波伏娃本人的意愿了；可是为着不知怎样的一种惋
惜心理，似乎总觉得像波伏娃这样的女性，该有她自己的一方长
眠之处……

玛格丽特·杜拉斯当然是独葬的。她也长眠在蒙帕纳斯墓
园里，比德·波伏娃晚来了十年。她的墓离波伏娃的才两三条
"街"；同样是平躺的，但没有立碑，名字和生卒年得靠近了俯视
才看得见，所以朝向路的一端刻着大大的 MD：她的姓名缩写字
母——好供人辨认吧。一小盆青翠的矮松放在头端，其余的花束
和植物却都已枯萎了。

我想着杜拉斯的《情人》——她那来自中国北方的情人呢？

该是早已长眠在湄公河畔的土地下了。在她生命的最后时刻，可曾想到遥远时空外的那人？

没有了躯体，那样的恋情会存寄在哪里？比血肉身躯长久得多的存寄……答案，是文字吗？

我来到波德莱尔的墓前。一百年前的旧式墓碑，高高的梯形，有隐隐青苔的漫漶。中央一块大理石，上面先是刻着他继父Aupick的名字和生平，其后才是他的，使我几乎错过。他母亲死在四年之后，名字在他下方。诗人就被夹在他极不喜欢的继父和爱恨交织的母亲之间。

一大盆绿意盎然的植物，显眼地摆在墓石的正当中，近旁却

波德莱尔和双亲的
合葬墓

有几张用小石子压着的纸片，看不清上面写些什么，会是献给他的诗句吗？波德莱尔有一本散文集《巴黎的忧郁》，散文其实写得也像诗。巴黎的忧郁埋葬在这里——"当生命终止时，永恒便开始了。"盛年自杀的日本作家芥川龙之介曾说过一句常被引用的名言："人生比不上一行波德莱尔的诗。"

走在这些镌刻的名字中间，我却想着那位写《蒙马特遗书》的来自台湾的女作家——激烈的爱情令她在巴黎结束自己的生命。她又葬身在何处？当她的生命终止之际，那般激情难道能够立即消涣于无形吗？然而不消失又能怎样——生命去后的世界就像墓园这样寂静了。

巴黎的墓园有古意也诗意。美国新式墓园像公园，棺椁全在地底，小小的墓碑嵌在地上，远远什么也看不出，只见碧草如茵；近看一块块碑石如冷漠的颜面仰望苍天。死亡何必伪装呢：无论怎样显现、隐藏或改装，也还是不能再重现逝者，那些随身俱灭的爱，深情的或者无望的，全都没有分别了……唯余他们书写的文字，漂洋过海感动了一个不相干的人，让这人再漂洋过海，来到一个春日的墓园里寻觅、凭吊。

那一天的午夜时分，我来到铁塔脚下。为庆祝千禧年，巴黎铁塔在夜晚每小时表演一次灯光的飨宴：塔身从顶到底千万盏灯火流窜闪烁，夜空矗立一柱壮丽的火树银花。我永远也不会忘记如此璀璨华丽的景象。然而白天的墓园那份清幽还在心头，铁塔夜景的美竟然有些令人忧伤——不过，世间美好的事物全都是这样的。我只得再将一些景象、人物和话语，还有某种心情，一并收拾在行囊，带着他们再一次漂洋过海回家了。

微物之神的国度

在南印度尤其是西南角那一带旅行，常会产生错觉以为时空倒流，回到多年前的南台湾：香蕉树、木瓜树、榕树、椰子树、槟榔树（是的，当地人也嚼槟榔），还有那些熟悉的花：牵牛花、美人蕉、扶桑……还有水边的白鹭鸶——那里几乎处处有水，多半是从阿拉伯海流进来的平静的"回水"，肥沃的河海沼泽地，养成了一块风土与印度其他地方大不相似的鱼米之乡。

位在印度西南的喀拉拉邦，与其他地方一眼就看得出的最大不同，就是宗教。同是南印度，东南方常见的巍峨壮观的印度教大神庙，到这里就极少见了。车行在喀拉拉邦的路上，无论是市镇还是乡间，每隔不多久就会出现尖顶上有十字架的教堂。原来早在16世纪，随着葡萄牙航海探险家达·伽马"发现"绕过好望角的印度洋航线之后，就有源源不绝的大主教传教士来到这里。在滨海大城科钦的圣弗朗西斯教堂里，原先就葬着病故在此的达·伽马；虽然十五年后他的遗体被送回了里斯本，但教堂至今还保留着那块原址。还有一个极其特别的"景观"就是处处常

南印度"回水"沿岸景观

见的招展红旗，上面清楚显示着斧头镰刀的标志——共产党在这里不仅合法，而且经常是民选出来的执政党。

为了感受这片鱼米之乡，我们一行五人先是在"回水"乘船——带着当地的新鲜水产请船上的厨师烹煮，在船上度过悠闲的一天一夜，还靠岸顺道拜访一个岸边人家。夫妻子女加上老人和长兄六口，住在三房两厅的平房里，男主人打鱼贩鱼，女主人开一间小杂货店，也像极了台湾的"柑仔店"，最大差别是这家店的顾客多半是乘船来的。

上岸后的一个清晨，我们去当地的鸟类自然保护区，领我们观鸟的向导是一位退休的英语教员。保护区也在水边，他来到一

科钦的圣弗朗西斯教堂

圣弗朗西斯教堂里的
达·伽马墓遗址

处傍水的树丛停下指着对岸说："听过《微物之神》(*The God of Small Things*)这本书吗？隔着水就是 Ayemenem 村，作者洛伊（Arundhati Roy）的家就在对岸。"我听了感到一阵惊喜，就像这个陌生人竟然读出萦绕在我心头，却一直没有问出的话。

　　来南印度，尤其是喀拉拉邦，有一个对于我很强烈的召唤，就是《微物之神》这本书。因为故事就发生在这里，也是作者洛伊的家乡。书中对当地的历史、风土人情和现场景象无不描述得历历如绘，二十年前读到时就非常喜欢，书中的人物和场景常常萦绕心头难以忘怀。二十年后再度细读，就是准备到这里旅行，寻访故事场景了。

　　虽然是获得英国布克书奖的叫好又叫座的畅销书，在国外却鲜少听到印度人提及这位世界知名的同胞作家。不仅如此，这本书出版不久就在家乡喀拉拉邦被禁了，罪名是"腐蚀公众道德"。

《微物之神》书影

赢得大奖后成了国际瞩目的作品，竟然在家乡成为"禁书"，作者当然不服上诉，使得科钦高等法院的法官左右为难，判也不是，不判也不是，案子拖了几年，最后换了法官才撤销禁令。虽然"腐蚀公众道德"这项罪名，看起来指的是书中一段炽烈而优美的性爱描述，但实际上触怒"公众"的，恐怕是书中对亲人和乡民，甚至政党和整个社会种姓制度残忍无情、不公不义的描绘和揭露。所以触犯众怒并不令人感到意外，倒是这位向导的下一句话使我惊喜："我们都以这位作者为荣！"

这本小说 1997 年一出版就赢得英国布克奖，同时登上《纽约时报》畅销书榜，美国《时代》杂志选为年度最佳五部书之一。我读的是原文，中译据我所知有两本，不久之前我找到现今流传较广的一本。可惜作者使用的语言太奇特，不仅用字遣词生僻刁钻，还有许多西方和印度的典故、双关语，更伤脑筋的是夹杂不少她的母语——当地的 Malayalam 语，再加上多音节的人名和昵称，以至于翻译难度极大，初读译本时不免会觉得有些晦涩难读。

我知道小说是虚构，但我也从作者的自叙和受访中得知，故事发生的地点和对应历史事件的时间点都是精准的：时间是 1969 年，作者八岁，正是书中贯穿主线、几乎是半个叙事者角色的小女孩瑞海的年龄；二十多年后长大了的瑞海回溯当年情景，也正是洛伊开始写这本书的年纪。场景地点是南印度喀拉拉邦，也是作者的家乡，一个并非虚构的名叫 Ayemenem 的村子；甚至若干主要人物的身份背景，也颇有雷同之处，包括洛伊本人跟瑞海同样在大学是学建筑的，后来也去到美国……所以我才稍稍违背了"不在虚构小说中寻找真人真事"的原则，来到《微物之神》的发源地。

什么是"微物之神"呢？

印度教是多神的，还不只是一般的多——印度教的神是数以百万计的，简直是满天神佛。希腊神话里那些跟凡人纠缠不清的男女众神，比起多如天上繁星的印度神来，就显得寥寥无几了。就算是最荒凉贫瘠的印度乡下，也不乏缤纷灿丽的色彩，这就多半要归功于那些无所不在的、姿容丰润美丽的众神，和那些神庙、神殿、雕塑、彩绘、庆典……从北到南从东至西几趟印度之旅下来，参观了数不清的壮丽精美的庙宇圣殿宫廷洞窟，对几位主要的印度大神大致耳熟能详了：大梵天（Brahma）、妙毗天（毗湿奴，Vishnu）、大自在天（湿婆，Shiva），各司创造、保护、毁灭之大任，暗合了佛教"成、住、坏、空"的宇宙观。不过，人气最旺的还要数胖墩墩的象头神迦内什，护佑子民趋福避祸；还有中国人不可不知的风神之子，飞将军神猴哈奴曼——大名鼎鼎的孙悟空的原型。

可是在这些威力无穷的大神之外，也会有更多不计其数的小神，司掌着无足轻重的人间小事吧？洛伊就在她的小说中创造了一名"微物之神"——它是最渺小、最卑微的事物的神，它的子民是如此渺小卑微，有时连神也无法庇佑他们，甚至也藐视、厌弃他们。这就是"微物"的悲剧。当然，这部小说《微物之神》说的是一个悲伤的故事，里面的小人物，不仅被人也被他们的神离弃了。

小说里的女主人公阿慕——也就是瑞海和她双生兄弟的妈

南印度各色各样的大神庙高塔

妈——出身望族，家族里几代信奉的，就是喀拉拉邦特有的叙利
亚基督教。阿慕的父亲是个受西方教育的学者，可是这个备受尊
敬的男人在家中却是个动辄毒打妻女的暴君。阿慕为了脱离家暴
而早早远走他乡嫁了人，生下一对双胞胎儿女。阿慕匆促婚嫁的
对象是个没有责任担当的男人，嗜酒如命险些丢掉工作之际，竟
然想把妻子"献"给对阿慕垂涎的英国上司。阿慕当然不能忍
受，带着一双小儿女回到娘家。可是作为一个"泼出去的水"的
女子，阿慕在娘家过的是仰人（母亲和哥哥）鼻息的隐忍日子；

南印度的神殿

虽然暴虐的父亲已经去世，但同样可怕的是家中还有一个心地褊狭、阴险自私的姑母，总是在窥探挑拨，唯恐天下不乱。

依然年轻美丽的阿慕，重逢了家中自小一起长大的长工维鲁沙，一个黝黑健美、温柔正直的木匠，两人相爱了——却是致命的、禁忌的爱。阿慕虽是遭受歧视的失婚妇人，但她的阶级身份是"高贵"的，而维鲁沙和他的世世代代，则很不幸地属于印度种姓制度里最低贱的"不可接触"（untouchable）贱民。这个制度之森严，对于不曾在那里生活过的人是难以想象的。这对不同阶级的男女胆敢相爱，他们触犯与违反的，是整个家庭、社会、文化的最大禁忌与律法，是十恶不赦、天地不容的行为。当维鲁沙的父亲发现儿子与主人家小姐的私情时，竟然痛哭流涕地到主人家告自己儿子的状，痛责儿子不守本分胆大妄为而誓言要"宰了他"。奴才尚且如此，主人家的反应当可想象，阿慕立即遭到禁闭。

社会阶级不平等的同时，也显现了男女两性的极度不平等：同样是离了婚的哥哥恰可回到家中不仅不受歧视，还掌管了母亲的果酱工厂；作为老板，他常跟女工们行苟且之事，对象无论是已婚妇人还是贱民，家人却视若无睹，溺爱他的母亲还暗中资助他。

更有甚者，这场从一开始就注定的悲剧，由于一桩突发的意外而成为一场涉及了其他人的大灾难：恰可的英国前妻与女儿来作客，女儿却意外溺水，出了人命就牵连到那对带着她涉水的双胞胎兄妹——瑞海兄妹因为妈妈忽然被关而仓皇离家出走，渡河去到"历史之屋"避难，来自英国的小表姐跟着他们却不慎落水溺毙。不巧，小兄妹的好友维鲁沙也在那里，阿慕的姑妈便乘机罗织，指控维鲁沙心怀不轨，绑架了小孩而导致命案。

身为"贱民"，维鲁沙的逾越行为不仅冒犯了牢不可摧的种姓制度，甚至也涉及工人权益和政治斗争——号称同为劳工兄弟的公会同事其实不齿与"贱民"平起平坐；号称为无产阶级争取平等的当地共产党书记其实不把维鲁沙当同志；以至于维鲁沙的下场可谓世间至惨：他遭受至亲、好友、上司、同事和政党同志无心的或有计划的出卖与背叛，最后连他的神也弃他于不顾——

只除了他的恋人阿慕。但阿慕完全无能为力拯救他，她连自身和两个孩子都保不住，被逐出家门之后不久也郁郁以终。

至于这对双生小兄妹——这一切事件的关键人物，在邪恶的姑婆精心诱骗下，懵懂无知地顺从了大人的指控，背叛出卖了自己最喜爱的好友维鲁沙。目睹维鲁沙的惨死，造成他们一辈子的罪疚与创伤，永难平复。男孩变成一个不再开口说话、人们眼中与世隔绝的"怪物"；女孩瑞海则在孤僻与叛逆中挣扎成长，结婚离婚、浪迹异邦，最后决定回到家乡她的手足身边，面对过去，和那抛弃了她的微物之神。

作者其实志不在述说一则老套的爱情故事，而是描绘一个地方志、建构一段国族史。故事的重心其实都只发生在 1969 年底的两个星期里，多半是从小瑞海的眼中看出去，但迂回曲折的反复倒叙、二十四年后成长到了他们母亲去世年纪的双生兄妹的回顾、穿插过去的历史和当时当地的种种风土习俗，交织成无数大大小小的旋涡，宛转回溯。越转，回旋越深。虽然书的一开头就显示了结局，但要直到小说的最后才终于一切真相大白。事情发生的当下，孩子是无知的、懵懂的，虽然有着天赋的直觉与敏锐，却还是要等到二十几年后，也就是书中的"现在"（作者书写的年纪），长大成人的瑞海才有勇气面对不堪回首的过去，回到家乡回顾、寻找、疗伤、和解。

除了家族居住的村子 Ayemenem，书中人物的活动范围也涉及近旁的市镇 Kotayam（他们都是搭乘公交车来去），甚至两小时车程外、有飞机场的大城科钦（一家人由恰可开车去机场，迎接来访的恰可的英国前妻和女儿）。我们的行程就以这几处为重点，最后从科钦机场离开印度。我们先是在"回水"乘船，贴近感受水乡——书中"水"是重要象征，孕育了爱情也导致了死亡。然后来到 Kotayam，车子竟然经过一间警察局，立即想到书中警察对维鲁沙暴虐施刑、阴险的姑母在那里哄骗小兄妹陷害维鲁沙、阿慕带着她的儿女来到这里要为维鲁沙伸冤，却遭到警长不堪的羞辱……差一点我就要下车"凭吊遗址"了。

我们下榻的酒店在"回水"的另一边，面向大海。我一到那里放下行李，就抱着试探的心情问大堂经理知不知道这本书？他理所当然地说知道啊，我很高兴，立即向他打听怎么去 Ayemenem House——小说中阿慕家族的宅邸。经理说这是书中说的主角的家，"但很有可能就是作者本人的故居"，他说。二十年了，还有对这本书内容这么熟悉的人！他很快地查出地址，并且替我们雇一辆出租车载我们过去。至于小说里用了不少笔墨提到的那栋她称之为"黑暗之心"的"历史之屋"建筑，曾是这对悲剧情侣的爱巢；作者言之凿凿地说是一位印度共产党领袖的故居（那位"领袖"倒是确有其人），他那栋荒废的河边屋宅，书里说多年后变成了观光酒店，我却怎么也查不到那家酒店的下落。问这位所知甚多的酒店经理，他却说不曾听过那栋"历史之屋"或者其后改建成的观光酒店的事，我只好把这栋屋子搁下，专程去看"阿慕的家"。

出租车在小路上开了大约二十分钟就到了 Ayemenem。说是村落，其实是个还算齐整的小镇。司机显然对这里不熟悉，几度掉头、打转、问路，我都几乎要放弃了，最后车子开进一条窄巷子，一眼看去竟是几栋气派不凡的洋房，跟外面街上的房子大不相同。

阿慕的家，也是洛伊的祖屋

而巷子尽头，在浓密的、充满南国风情的树丛后面，赫然出现一栋南欧式的红瓦白墙楼宅——我终于找到它了，阿慕的家！

那条巷子里的几栋庭院深深的楼房，在印度乡间确实少见，而尽头的那栋特别有气派，是真的可以称之为豪宅了。大门是双扇铁栏栅，不遮挡视线，前院和建筑本身从外面看进去一目了然。院子很宽阔，花草稀疏；主屋建得高，上正门得走好几级台阶——果然有台阶，记得书中提到有九级，我怎么数只有八级——也许四五十年下来，最下面一级被草和土掩没了？远处有个工人模样的人，也许是守门的，我向他呼叫，他朝我们摇摇手表示闲人莫入。

不得其门而入，我们只好隔着栅栏拍了照，然后失望地转身，想退而求其次，从屋子旁边绕到后面寻找那条河……可是两侧都是封死的墙，除了退出巷子，根本没有继续往后走的出路。正想不甘心地退出，却见右手边一栋小洋房，从大门上方看得见阳台上有一位老先生正在看报。我们抱着姑且一试的心隔着门喊话，问他说不说英语？他竟然放下报纸慢慢走过来。透过门上方的空格，我向他简单说明来意——不无夸张地告诉他：我们万里迢迢从美国来看洛伊的故居，可惜进不去，我们想看看近旁的河，怎样才能过去？

　　我自说自话一阵之后，忽然想到说不定人家根本不知道我在说什么，于是试探地问他："你知道《微物之神》这本书吗？"老先生的回答让我大吃一惊："当然知道。我是作者的舅舅！"我的惊喜神色大概感动了他，老先生打开大门，迎我们进去。我回身拍下大门旁墙上气派的金色名牌，记下了主人家的全名。

　　进门后就在花木扶疏的前院里，我们礼貌地向主人做简单的自我介绍，说明来意。老先生也告诉我们他是一位退休的骨科医生。估计他有八十出头了，是一位气质温雅的老绅士。

　　老医生很友善，他说巷底那栋大宅是他们家族的产业，洛伊小时候常在那里玩，等于是在那里长大的；房子现在空着，雇族人看管。他指指正对面比较小些的一栋房子说："那栋是洛伊的家，她住在德里，回来时就住这里。现在也空着。她的母亲，就是我的妹妹，住在 Kotayam 城里。她母亲退休之前是位开办学校的教育家。"办学校？那不是苦命的阿慕未曾实现的梦想吗？

和洛伊的舅舅合影

洛伊现实人生里的母亲竟然做到了！

我做梦都不会想到隔壁竟然住着洛伊的舅舅，而且听到这许多"内幕"。记得洛伊在一篇访问中自己"对号入座"，说她在 Ayemenem 长大，离了婚的妈妈带着她和另一个手足回到这里（就跟阿慕和两兄妹一样），外婆开了家果酱工厂（也跟阿慕的母亲、瑞海的外婆一样）。老先生既然是洛伊的舅舅，我不禁脱口而出："那么，你就是恰可（阿慕的哥哥）了？"说完就后悔不迭，书中的恰可虽然是留学牛津的罗德学者，却是个肥胖、没气质、没担当的男人，最后还把妹妹逐出家门……眼前的老先生温文尔雅，和善可亲，怎会是恰可？好在老先生不但不以为忤，还微微一笑说："我不是恰可，不过，我倒是有一个兄弟正是罗德学者。"我打蛇随棍上:"那他的太太是英国人? 离婚了? "(唉,我真八卦!)他又微笑了:"不是英国人,是瑞典人,是离婚了,现在这个太太是印度人,他们现在住在美国。"

我们越聊越高兴,最后他竟然说:"我妹妹(洛伊的妈妈)住在 Kotayam,你在这里待几天? 我可以安排带你去见她。"我几乎为之心动,但想想未免太冒昧了,也太违反我读虚构小说的原则了。老先生固然热心友善,但洛伊的母亲很可能并不想见人,尤其是万里迢迢来到的陌生人;更何况洛伊本人要是知道了,说不定会怪她的舅舅多事,甚至迁怒我这唐突的"粉丝"……还是到此为止吧,这已经是很意外的奇遇了。我们很开心地与"舅舅"合影,然后由衷地谢了他,礼貌挥别。

我还没有忘记那条河。虽然河边绝对不会有维鲁沙的小茅屋,也不会有那艘承载过他俩而最后翻覆了的小船,而我终究还是没有找到河对岸的"历史之屋",但在渐渐降临的黄昏,我们还是循着一条杂草丛生的小径来到了屋后的那条河畔——双生兄妹在那里戏水,他们的小表姐在那里溺毙,维鲁沙在那里涉水来与情人阿慕相会,他们乘一艘小独木舟过河去到"历史之屋",历史的必然和命运的偶然在那里将他们残酷地吞噬……许多年过去,悲剧的帷幕始终不落下,直到成长的孩子回来面对、埋葬。

最后一晚我们看了印度西南最有名的卡塔卡利地方戏,以浓厚的脸部彩妆和鲜艳夸张的服饰留给人深刻的印象。绿脸红唇和大篷裙,正是这戏独一无二的特色。演员全是男性,但扮

阿慕家后面的河，隐约可见一艘小船

出的女角却极为妩媚。演的都是民俗传说故事，一般要演上一整夜，但为了将就观光客，表演只有不到两个小时，其中还有一半时间是演员在舞台上化妆给观众看，剩下的时间一半解说舞蹈的眼神动作，最后以一场短剧作结。洛伊在书里用大篇幅详细描述了这个地方戏——二十多年后迈入中年的瑞海，在自我流放多年后回到家乡，有一晚跟她的双生兄弟不约而同来到小剧场，看了一夜的戏，演员与观者都精疲力竭，却像一个净化仪式，那些痛苦的记忆，都在这个历史文化不绝如缕的地方戏里叩问，凝固，升华。

洛伊在访谈中说："实际的经历到哪里为止、想象从哪里开始，是很难说的。这个故事当然不是真实的故事，但里面的感觉都是真的。"正如木心说的："袋子是假的，袋子里的东西是真

卡塔卡利地方戏

的。"好的小说一定是这样的。

　　第一本小说就获得那么高的成就，洛伊却没有如众所期待那样接着写下一本小说。在过去的二十年里她成为一名实际行动家，投身政治和社会运动，倡导人权和环保。她关注、查访、报道的议题包括：妇女和弱势族裔的权益；美国对伊拉克和阿富汗的侵略；以色列政府对巴勒斯坦人民的压迫；尚有无数生活在贫穷线下的百姓的印度政府却要发展核武；政府兴建大水坝对环境的影响和对居民造成的迫迁流离（她捐出《微物之神》的版税收入来支持对建坝的反对行动）；支持克什米尔独立（因而被控以"煽动叛乱"罪）……她以文字呼吁和记录，出版了五本散文和评论集。然而大家还是在殷殷期待她的下一本小说。

Kumarakon backwaters
from House Boat

3-26-17

对喀拉拉邦的"回水"景色写生（李黎速写）

回到美国后凭记忆所绘油画（李黎绘）

　　终于，整整二十年之后，她的第二本小说 *The Ministry of Utmost Happiness*（我将之暂译为"极乐使命"）将在 2017 年 6 月出版。我期待这本新书，同时期待着我的下一次印度之旅——当然，很可能又是追寻她的文字足迹，去到另一个她的时空，另一个神祇的国度。

（2017 年 5 月，美国加州斯坦福）

纯真博物馆

或许小说和博物馆在本质上是一样的。

——奥尔罕·帕慕克（Orhan Pamuk）

2018 年的第一个月还没过完，天气还滞留在隆冬。我来到伊斯坦布尔，住在面对博斯普鲁斯海峡的旅店里。深夜听到海峡吹来的凄厉的风声，让我想到土耳其作家帕慕克的书中常提到的一个字："呼愁"（hüzün）。

呜咽的风声不仅愁人，更带着不祥的预兆。新闻报道着令人忧心的消息：土耳其在 1 月 20 日发动代号"橄榄枝"的军事行动，空袭邻国叙利亚西北部阿夫林地区数十次，企图驱赶库尔德民兵；土国的地面部队在 21 日越界进入叙利亚，22 日炮击多个库尔德民兵目标……山雨欲来，烽烟四起，我和旅伴开始考虑是不是该提前离开这个是非之地？

好在我最想要看的地方都已经看了。与土耳其作家奥尔罕·帕慕克的小说同名的"纯真博物馆"（Museum of Innocence）

博斯普鲁斯海峡的日出

纯真博物馆馆徽

纯真博物馆外貌

不仅去过了，而且去了两次。

"纯真博物馆"是一本小说，同时也是一间坐落在伊斯坦布尔城里的私人小型博物馆——不要小看这个貌不惊人、名气不大的小博物馆，它可是 2014 年全欧洲博物馆年度奖的得主。

并行的虚构小说和真实的博物馆——虚构的人物、真实的事物，竟然用同一个名字指涉叙说同一个故事，还有比这更听似不可能而又耐人寻味的结合吗？虚以实之，实以虚之；何者为真，何者为假？"假作真时真亦假"，但反之亦如是：真作假时——真实的历史、情景、记忆和情感，写成虚构故事描述得引人入胜，再回过头来用实体对象历历陈列，则假亦成真了。

在书写成长年代的回忆录《伊斯坦布尔：一座城市的记忆》之外，帕慕克意犹未尽，以一本虚构的爱情小说里提到的实质物品：书中人的私人收藏，家庭的日常生活用品，当时社会的富裕和平民阶层的饮食、娱乐、报纸等种种实体对象，来呈现、凝固一个作者和一座城市的记忆。

小说和博物馆并行的念头，早在 20 世纪 90 年代就出现在帕慕克的脑海了。小说《纯真博物馆》在 2008 年出版，同名的博物馆却直到 2012 年才开张，但并不表示书写早于博物馆的筹建。帕慕克说："在写小说《纯真博物馆》时，我想着博物馆；在建造博物馆时，我想着小说。"

实际上，帕慕克是同时开始构思小说和博物馆的，而且也在小说中不断"预告"着博物馆的出现。故事的开始颇有言情小说

《纯真博物馆》小说英文版和中文版封面（原文为土耳其文）

的味道：出生在伊斯坦布尔一个富裕西化家庭的少爷凯末尔（正巧与土耳其的"国父"同名），在上世纪70年代爱上了一个家境寒微的远房表妹芙颂。当时他已经与一个门当户对的富家女订婚了，却妄想脚踏两船享齐人之福，直到芙颂愤而离去嫁人，凯末尔才意识到他对芙颂的爱有多深，以及他犯下的大错：在那个年代的土耳其（甚至现在世界上许多地方），他轻率地获取少女的贞操却不明媒正娶，等于是毁了她的一生。之后漫长的九年里，凯末尔不求回报地苦苦追求、陪伴芙颂，百般讨她欢心；而她多半冷淡以对，偶尔假以辞色，凯末尔就会欣喜不已。许多个夜晚，他下班后就去芙颂家陪她和家人吃饭、看电视，有时陪她（和她丈夫）坐咖啡馆、看电影、逛街，甚至砸钱给她丈夫成立电影公司；同时悄悄收藏心上人曾经碰触过的东西，聊作慰藉。他收集了她日常生活中的许多物件——耳环、小摆设、盐瓶、钥匙、洋装、玩具，甚至她吸过的烟蒂……每一件大大小小的东西背后都有故事，都牵绊着他与芙颂共度的点点滴滴时光。最后芙颂永远离开了，凯末尔便把芙颂的旧居买下来，设立了一间博物馆，把这些上千件的纪念品陈列出来，自己住在顶楼"睹物思人"，陪伴这些对象和记忆直到他生命的尽头。一桩以轻率交欢开始的情事，竟然以一座丰碑结束，不能不说是一则少见的传奇故事。

在现实世界里，帕慕克早在1998年就买下了他第一件最重要的收藏品：伊斯坦布尔城里库库尔库马区一间有一百二十年历史的房子，后来就化身成为书中芙颂的旧居和这座博物馆。接着他开始搜寻那些住在这栋房子里的人（小说中的虚构人物）在那

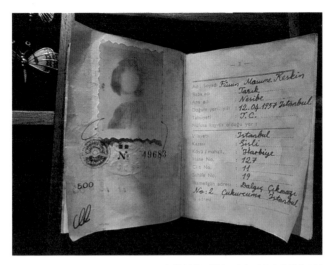

虚构的芙颂的驾照（照片有意模糊了）

芙颂的裙装和首饰

芙颂的高跟鞋和虚拟品
牌的皮包

段年代（主要是七八十年代，但仍可以上溯至 60 年代，下达世
纪末）生活中会用到的东西：陶瓷和玻璃器皿、厨房用具、客厅
的小摆设、酒瓶、钥匙、时钟、香烟盒、首饰、日常景象的相
片；后来还加入他自己家族的纪念品、老照片、剪报，甚至无中
生有但完全可以乱真的品牌手袋和饮料、证件、广告片……他走
在伊斯坦布尔的大街小巷里，在跳蚤市场、二手书店搜罗旧货，
在亲友家中翻找旧药盒、烟灰缸、清真寺相片、身份证和护照相
片。这时，他意识到为一座博物馆搜集工艺品，和为一部小说收
集素材，其实并没有太大区别。因此他说："或许小说和博物馆
在本质上是一样的。"

在帕慕克的《伊斯坦布尔：一座城市的记忆》一书里，他

凯末尔从芙颂家"偷"来的小摆设

芙颂家浴室的洗脸盆

用了大量的这个城市的老照片，多半是他的朋友、摄影家古勒的作品，有当代的，也有珍贵的旧时影像，其中许多张也展示在博物馆的橱窗里。帕慕克喜欢这些老照片，不仅因为那是他的童年记忆、他的乡愁，而且图片本身都非常美——美好地保存了这个城市已经或者即将失去的面貌。我发现收在《伊斯坦布尔：一座城市的记忆》书中帕慕克自己和家人的一些陈年照片，竟然也出现在博物馆的收藏里，不过，这并不会破坏展品的"虚构性"，因为帕慕克本人也是小说里的一个重要角色：他的身份是凯末尔的朋友，凯末尔为他口述了这个爱情悲剧，由他在凯末尔死后书写出来。

四千二百一十三枚芙颂在九年里吸过的香烟蒂

几乎每个烟蒂都有说明

纯真博物馆坐落在一条方块石砌的小街上，连地下室共有五层楼。第一层是入口、导览和整面墙的烟蒂（四千二百一十三枚芙颂在九年里吸过的香烟，很多上面留有她的口红痕印）；第二、三层是对应书中每一章内容的八十个大大小小的陈列橱窗。顶楼第四层是主角凯末尔的卧室；而墙上的橱窗里则放着真实世界中这本小说各种文字（近四十种）的版本、小说手稿、作者亲绘的橱窗设计蓝图等等。地下层是出售纪念品和相关书籍的小店，兼卖咖啡。有讲解耳机出租，帕慕克也担任讲员，可以听到他录下的声音。

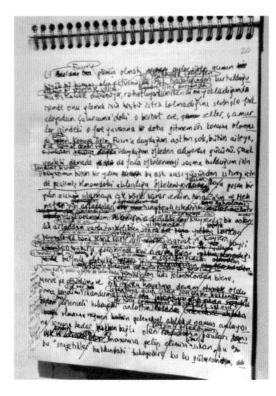

帕慕克的手稿

像多半的博物馆一样，这里也需要买票入场，但出示《纯真博物馆》这本书的访客免费。书里印有一张入场券，售票员会在那上面盖个纪念章。可惜我的是电子书，可以免费入场但无法盖章。

　　明明是一个虚构的而且有些俗套的爱情故事，写得煞有其事不说——这是好小说该具备的条件——还在书里处处点出提醒这件或那件东西都已经收集起来存放在博物馆了，不时催眠似的暗示着读者：确有其人，真有其事。我读小说时常提醒自己不要"上当"，到了伊斯坦布尔，同行的旅伴笑我专程寻访博物馆就表示我"上当"了。其实我很清楚：划清虚构和真实已经不再是那么重要了，我对照阅读虚构小说《纯真博物馆》和非虚构的回忆录《伊斯坦布尔：一座城市的记忆》，将二者交相验证，我感受到了帕慕克真正想要表达和保存的是什么。凯末尔和芙颂是否真有其人或原型是谁已无足轻重；重要的是通过那条虚构的故事线，串联出的这些作为记忆载体的实物，去认识一座城市的历史，一段国家民族的兴亡盛衰，一个作者关于他深爱的城市的记忆。这些，才是最重要、最真实的。

　　两度造访纯真博物馆，第一次跟几个友人一道，不免分心也稍嫌匆促；第二次有了心理准备，慢慢地，一个章节、一个橱窗地细看，而且仔细聆听帕慕克的解说，或者听他念一段相关的内文，身历其境的感觉就更强烈了。博物馆没有窗户，感受不到外面的真实时间，更容易走进橱窗里的另外一个世界。耳机里的背景音效是时钟的嘀嗒声，墙上印着有关"时间"的语句；从透天的四楼旋回楼梯空间直看下去，可以看到最底层的地板上画着象

凯末尔在博物馆这间小阁楼里度过余生。旁边解说写道："2000到2007年间，凯末尔住在这间屋里，帕慕克坐在这里听他的故事。凯末尔在2007年4月12日去世。"

征"时间"的旋涡形图案—时间无所不在：爱情、死亡、记忆、追悔，时间诞生一切也摧毁一切。一千五百九十三个夜晚，痴爱着芙颂的凯末尔逗留在她家里，伊人可望却不可及，但只要能在她身畔目睹她的一颦一笑，也感受到深深的快乐；而在永远失去她之后，他必须把这些点点滴滴的快乐串联起来、保留下来；他认为点滴的时光串联成线就是时间，而这些橱窗和里面的每一样与记忆有关的对象，就是时间的凝固、快乐的保存。唯有如此，凯末尔才能在没有芙颂的世界里孤单地活下去。

时间无所不在

从四楼看下去，底层的"时间旋涡"

是巧合还是有意？芙颂的名字 Füsun 和"呼愁"hüzün——土耳其语的"忧伤"，念起来非常相近，至少是押韵的。"呼愁"原指一种心灵深处的失落感；帕慕克更进一步以深沉的历史感诠释这个词："呼愁"是他自小就感受到的那份在奥斯曼帝国消亡之后，伊斯坦布尔这个古老城市的美丽与哀愁。曾经叱咤欧亚大陆几个世纪的奥斯曼帝国，到了 20 世纪初变成负伤垂死的冬之狮，几乎被几个新兴大国大卸八块残酷瓜分，幸而他们的民族英雄凯末尔将军，以超凡的军事和外交力量，保存了现在土耳其这块土地，成立共和国，免于亡国灭种的悲惨命运。所以但凡我们接触到的土耳其友人，提到"阿塔图克"（对凯末尔将军的尊称，意为"土耳其的国父"）无不充满由衷的敬意；尤其是受过高等

帕慕克／凯末尔家对面的清真寺

教育、事业有成的女性朋友们，都说若不是阿塔图克的政教分离远见，今天的她们怎能抛头露面、享有追逐梦想的自由？但是眼看包裹严实、蒙面只露一条眼缝的身影日益增多，她们对难以预知的未来有着忧思和不安。

我住在历史悠久的伊斯坦布尔希尔顿酒店，恰巧也是小说里重要的场景之一——凯末尔豪华的订婚宴在这里举行；他与芙颂梦寐以求但永远无法实现的婚礼，原本也计划在这里举行的。这里离帕慕克的旧居（帕慕克家族的公寓以及隔壁那间小说里男女主角的"爱巢"）不远，走路十几分钟就到。我也到那条街上漫步，找到他在书中提到的公寓；还在街对面一家小餐馆的路边座吃了简单的午餐，喝了一杯土耳其红茶……那一带是新城区，也是高级住宅区，地势和房价都高；而纯真博物馆，也就是小说女主角芙颂的家，位于偏西南角库库尔库马区，地势低下，道路狭窄曲折，崎岖不平。男女主角的社会和经济地位的差距可以实地感受体会。（不过无论在哪一区，散布全城的三千多座清真寺，都是一天五次、没有差别的以高分贝喇叭召唤祷告。）

作为一个对历史和社会课题敏感的作者，帕慕克用小说点出了上世纪60至80年代土耳其社会的贫富不均，政变频仍，以及男女的不平等、对女性片面要求"守贞"的种种现象。小说主角富家少爷、花花公子凯末尔，一开始对美貌的小家碧玉芙颂并不认真，但在芙颂离他而去时竟感受到前所未有的痛苦，才开始漫长的忏悔赎罪之路，以至于放弃一切，甚至穷其一生，苦苦追寻这份情爱，悉心保存爱人的记忆。他长久的执着与深沉的哀愁，到后来已经远远超过一般言情小说的分量；当"博物馆"的意念出现时，我们知道，凯末尔——不，帕慕克，要呈现的已经不只是一个故事、一段文字、一对情人；而是一个时代、一座城市、一段历史；为一个已经形成和将要形成的流逝时光和废墟造像。

在现实世界里，帕慕克是如此深爱着他的伊斯坦布尔，而这个城市的记忆正在随着时间逐渐消逝。痴心的帕慕克，犹如痴情的凯末尔，用他那般有力的文字描述犹嫌不足、犹恐不够，还建立了一个与抽象的文字完全不同的实体展示，因而同时孕育了博物馆的大胆构想。然而当博物馆于 2012 年开馆后，帕慕克意犹未尽，意识到还需要一份目录，来阐释这些他殚精竭虑打造的玻璃展柜和展品，因此他又创作并出版了《纯真物体》（*The Innocence of Objects*）一书。可是故事还没完呢：最后还加上了活动影像（电影）的另一种视觉补充——2016 年又出现了第四件"纯真"作品，那就是英国导演格兰特·吉（Grant Gee）导演的纪录片《纯真记忆》（*Innocence of Memories*）。电影的旁白叙述者是小说里另一个虚构人物：芙颂的芳邻、闺密埃拉。帕慕克安排她离开伊斯坦布尔十二年之后回来，回到和芙颂一家合租的老房子，发现已经变成博物馆，而伊斯坦布尔这个城市的面貌也有了很大的改变，这个"外人"角色担任了时光流逝的见证者。

对社会和历史的反思也为帕慕克带来麻烦。2002 年他出版了一本深富争议性的小说《雪》，涉及他多年来不断敦促土耳其政府和人民反思奥斯曼对亚美尼亚人的屠杀历史以及土耳其对少数民族如库尔德族的镇压，以致遭受到来自国内各方面的攻击和威胁，甚至被告上法庭，险些有坐牢之虞，连荣获诺贝尔文学奖都消弭不了极端势力对他的仇视。2016 年的流血政变，更使得安卡拉政府加强了对各个方面——包括文化、学术和舆论——借"反恐"之名的钳制。

就在建起博物馆的同时，帕慕克开始动笔写一部描述城市底层的小说《我脑袋里的怪东西》（*A Strangeness in My Mind*）——许多个晚上，他漫步在城市中心相对贫困的小区，进而查访体会那里靠体力干活的外来人口，写出了一个早年从外地来到伊斯坦布尔辛勤地生活、工作，每晚挑着担子在街头卖传统饮料——"卜茶"（boza）的小贩。因为这个人物，我也特地去尝了"卜茶"：一种用麦子发酵酿制的浓郁微甜的饮品，可惜不是跟街头小贩买的——现在已经几乎见不到这样的小贩了，而是在伊斯坦

"卜茶"大排档

布尔亚洲那边的农渔市场，一间有两百年历史的茶点铺子里，舒舒服服坐着喝的。在啜饮着这杯很可能即将随着"现代化"而消逝的传统饮品时，我忽然领悟：这整个城市，也是一座博物馆——记忆的博物馆，就像纯真博物馆那样。

帕慕克在一次接受采访时说的一段话，让我想到我喜爱的城市也无一不在消逝中，以致我依附其中的记忆亦将随之陨落："当我们遇到某件美丽或有趣的东西时，有多少是因为城市本身，有多少是因为我们的乡愁？如果没有记忆的辅助，一座城市的美丽和有趣是否会有所减损？当高楼、桥梁、广场都被夷为平地时，我们的记忆是否随之陨落？"

是的，当城市的历史地标一一被夷平，被"现代化"的庞然大物取代，这个城市将怎样维护她纯真年代的记忆，将怎样讲述她的历史、她的故事？一座没有记忆的城市是最单调无趣的城市，与沙漠无异；一个漠视甚至主动摧毁珍贵的历史遗产的城市，是最可悲的自愿失忆症患者。

当我乘坐的飞机从伊斯坦布尔阿塔图尔克机场起飞升空，俯视这座世间独一无二的横跨欧亚大陆的城市，我的心中浮现那些遥远的、寄托了我的私密记忆的城市以及那座承载了我的身世、情感、家国和忧思的一切记忆的无形的博物馆……在我们每一个人心中都有的，那座纯真年代的博物馆。

（2018 年 1 月写于美国加州斯坦福）

重返伊甸园

> 沙林纳斯谷位于北加州，是两排山脉之间一条狭长的洼地，沙林纳斯河蜿蜒曲折其间，最后流进蒙特雷湾。

这是约翰·斯坦贝克的小说《伊甸之东》的开头第一段。

蒙特雷已经去过好几趟了，因为孩子们喜欢那儿的水族馆。从旧金山湾区的中半岛过去，若是取道内陆公路南下再往西，便会穿过斯坦贝克笔下的这片土地。斯坦贝克并不是我特别喜欢的作家，所以几次路过他的家乡沙林纳斯（Salinas），从不曾特别下车细看。反而是他与故乡之间，生前身后的种种爱怨情仇，却充满悲剧与反讽，是更富文学张力的外一章。正好去年沙林纳斯的斯坦贝克纪念馆，总算在他逝世整三十年后落成开张，这回趁着去蒙特雷就顺道参观了。

其实，蒙特雷才是沾文豪之光受惠最多的地方。那条原来装沙丁鱼罐头的"罐头巷"，没落之后却拜名作之赐、加上水族馆的招徕，竟然"咸鱼翻身"靠观光生意兴旺大发，一条街打的全是斯坦贝克的金字招牌：卖纪念品的杂货店号称是李昌的"荣昌号"原址，酒馆挂着海洋生物学家"Doc"的大名……作家若得亲眼看见一定百感交集，因为这番尊荣他在世时是没份的——20世纪40年代斯坦贝克在蒙特雷并不受欢迎，买了房子竟遭切断煤气，如此"礼遇"使得他只住了一年便搬去纽约了。

至于出生地更是令他寒心：一出书，家乡就有卫道之士揭底，骂他行为不检、文字不雅而抵制他的作品；《愤怒的葡萄》得了普利策文学奖，乡亲们不但不引以为荣，还指责此书抹黑加州大农业主，公然焚书以示划清界限。他在一封信里曾写道："他们只会要一口松木棺材里的我。"简直是"未死莫还乡"的毒誓了！当年怨怼之情如此深，现在两处地方却都抢着要他。蒙特雷享海景地利之便大发利市，沙林纳斯慢了一拍，二十年来只有一所故宅和以他为名的图书馆供人参观。前几年每次路过，总觉是个古老荒凉的小镇，好像打从他出生时就是这个模样了。

斯坦贝克1902年生于沙林纳斯，十七岁去斯坦福上大学，今天两小时不到的车程，在当年算得上是离乡背井负笈求学了。前后念了五年，还是没把海洋生物学的学位拿到手，倒是许定心愿辛勤笔耕；却因文字触怒了保守的家乡，结下终生难解的心结。离乡莫还乡，他在一封信里说过：世上最令人心碎的书名，莫过于伍尔夫的 You Can't Go Home Again（你回不了家了）。去年纪念馆成立，《旧金山纪事报》的新闻标题恰恰就是"John Steinbeck Goes Home Again"（斯坦贝克回家了）！

我先参观了中街132号的斯氏故居，一幢世纪初维多利亚式小楼房。楼下卧室是他出生的房间，现在是接待室，布置得很家

沙林纳斯小镇的斯坦贝克故居

常；访客坐在沙发椅上翻看旧照相簿，像家中熟客似的。楼上不开放，据说，中间临街的"红室"就是他写成名作《小红马》和《薄饼坪》的地方。志愿当导游的老太太如亲切的老姑妈，谈起"约翰"就像自家亲人。可是我总忍不住想到他当年受的冷遇，岂不就是像这样的老头老太们，嫌他年轻时行为放荡、写的文字"下流不雅"吗？

　　故居的维持费来源是餐馆，就设在楼下的客厅里，布置朴素而雅致，只做午餐生意。我到晚了没赶上，看看菜单画饼充饥，菜色都很清淡有田园风。记得已故的散文家吴鲁芹，特别欣赏他们的蔬菜汤，为了喝到不同的汤去过不止一回。想想这是加州"菜篮子"沙林纳斯河谷当地的新鲜蔬菜，当然错不了啊。

　　走出这栋百年老屋，夏日午后大街上，一辆卖冰激凌的手推车悄悄行过，时光像是凝滞了，有一种午睡之后还未全醒的惺忪气氛。

三条街下便是那幢耗资千万美元、占地近四万平方英尺的堂皇气派的纪念馆了。去年的开幕式，远在纽约的遗孀谢绝参加；他的儿子汤姆，据说，引用了老父生前名言："不如开个妓院或保龄球馆还更合适呢。"——那是斯坦贝克听闻家乡有所学校要以他命名，而他心里有数儿，必定又会有卫道之士跳出来反对，因而说出的讥讽气话。

馆中搜罗的原物并不多，最"贵重"的展品应是《与查理旅行》书中一人一狗横越美国的那辆旅行车，由私人收藏捐出。其他就像舞台布景了：几部名著简介，配上地图、场景、仿制实物，拍成电影的作品便有幅银幕播放片段……大体上是强调趣味

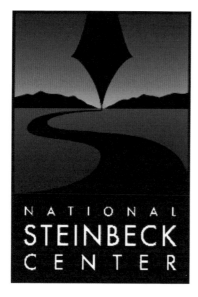

书写与大地的和谐——
斯坦贝克纪念馆的标识

性，对学生可能吸引力比较大些。

　　想想斯坦贝克生前与家乡的关系，恰似一名怀才不羁的浪子，与他守旧而严厉的父亲的一种恩怨爱憎吧。虽然三十年后的纪念馆象征家乡与他最终的和解，后人总不免质疑故乡前倨后恭的动机。然而世间多少艺术家寂寞身后事，斯坦贝克生命中最后六年毕竟享得诺贝尔奖的殊荣，至于身后返乡寂寞与否，反正逝者是无知了。回乡之途，本就道阻且长；他为故乡写下《伊甸之东》的故事，而乐园是一旦失去就永远无法重返的；伊甸园收回他，也只能是象征性的罢了。还是纪念馆的标帜设计得好：一只钢笔尖，屹立在两山之间一条蜿蜒河谷的尽头——书写与大地的和谐，这幅简单的图说明了一切。

芳草天涯

你可知道哪一个举世闻名的美丽城市，原名叫作"芳草"？

两百多年前，当圣·弗兰西斯科还只是个滨海小聚落时，西班牙殖民者为着遍地开放的一种野生薄荷而为这地方取名"芳草"（Yerba Buena）；开埠后差一点变成正式城名，结果却是采用了天主教圣徒方济的西班牙名：San Francisco，一个显示不出这个城市任何特色的名字。看来还是早年华人给她起的名字好：旧金山。

美国最著名的短篇小说家欧·亨利非常喜爱纽约，觉得她就像《天方夜谭》的巴格达一样，是个充满神奇美妙故事的城市；又因纽约多车，便给她取个别名叫"轮上的巴格达"（Baghdad on Wheels）。无独有偶，旧金山最受欢迎的专栏作家，在《旧金山纪事报》写了六十年专栏、死而后已的赫伯·坎恩（Herb Caen），终生热爱旧金山，曾仿欧·亨利之说，称这依海傍湾的美丽城市为"湾边的巴格达"（Baghdad by the Bay）。

在这面对太平洋的天方夜谭之城，当然有无数善说故事的谢赫拉莎德，有的生于斯长于斯，有的只是过路旅人；然而湾边的巴格达对他们一视同仁，让他们在这里说了远远超过一千零一个迷人的故事。我是一个既爱读故事也爱写故事的旅人，决定用一天的时间，来寻访几处他们文字的足迹。旧金山市区本身并不大，而且好在文学地标集中点在半岛东北，大致范围是东北—西南走向的商市街（Market Street）以北、棋盘格走向的"金融区"（Financial District）、商店剧院集中地"联合广场"（Union Square）区、唐人街（China town），一直到意大利区"北滩"（North Beach）。最简易又自由的方式是搭缆车与步行交错进行，但要注意方向：下坡用腿、上坡用车，否则会吃不消旧金山街道特有的陡峭坡度。寻访旧金山的文学地标不是难事：这座城市喜欢故事，更欢迎写故事的人。爱书人走在大街小巷，说不定便会偶遇一个路牌、一座雕像或一块纪念碑匾，上面的名字是一位你耳熟能详或似曾相识的作家。多亏"城市之光"（City Lights Bookstore）书店创办者、诗人劳伦斯·费林盖蒂（Lawrence Ferlinghetti）的倡议，旧金山市议会在1988年通过：把旧金山精华地带的十二条街道（多为小巷），改为以十二位与旧金山有渊源的已故文学家命名。六年后，市政府破例通过唯一以活人命名的街道，于是在离"城市之光"书店三条街的地方，有了一条"费林盖蒂道"。最近的文学街道命名大典，是庆贺赫伯·坎恩获得"普利策终生成就奖"及他的八十大寿，一条渡轮码头边的行人步道在1997年更名为"赫伯·坎恩湾边的巴格达大道"。专栏作家获此殊荣，不敢说绝后，但肯定是空前了。

作为一名中国人，这一天的文学行脚我决定还是从中国城开始吧。唐人街东端普茨茅斯广场（Portsmouth Square），华人称为"花园角"的地方，位置适中，是最佳起点。花园角现在是华人的活动中心，放眼望去，健身、闲逛、博弈、游嬉的男女老幼全是同胞；其实当年是"芳草城"的中央广场，一个半世纪前，全城第一面美国国旗就在这里升起。

在旧金山湾区纪念标帜最多的文学家，当然是生于斯、写于斯、死于斯的杰克·伦敦（Jack London）。奇怪的是，数量仅

"花园角"广场的史蒂文森纪念碑

次于杰克·伦敦的文学家，竟然是苏格兰出生的英国作家罗伯特·刘易斯·史蒂文森（Robert Louis Stevenson）。1879 年史蒂文森最穷愁潦倒时来到旧金山，在城中心距联合广场不远的布须街（Bush Street）608 号赁屋而居，常常步行到普茨茅斯广场的石凳上写作。广场里有一座他的花岗石纪念碑，高逾九十尺，顶端是一艘扬帆破浪的铜铸船，十分气派。史蒂文森在旧金山湾区逗留的时间也很短暂，不到一年便回苏格兰了；离开前曾迁到北边那帕谷（Napa Valley）度蜜月及疗养肺病。回国后他接连写出《金银岛》（*Treasure Island*）、《化身博士》（*The Strange Case of Dr. Jekyll and Mr. Hyde*）、《绑架》（*Kidnapped*）等几部举世知名的作品；看来这一年的旧金山时光，很可能是他写作生命里的大转折点。八十年后，一位中国才女来到这里，度过她坎坷后半生中比较安定愉快的两年半——1959 年 5 月，张爱玲与丈夫赖雅迁来旧金山，巧的是也住布须街；公寓傍近繁忙的鲍威尔街，缆车在坡度甚陡的街上叮叮峒峒兴高采烈地来来去去……想到她在《公寓生活记趣》里写过她喜欢听市声，要听着电车响才能入睡。不知她听着缆车的叮峒声是否觉得亲切？然而在太平洋此端的市声纵使再热闹缤纷，也不能代替她记忆中的上海市吧。

　　布须街之南、鲍威尔街之西是剧院区，当年他俩在那里看过赖雅的知交、戏剧人师布莱希特的《三便士歌剧》。从她的公寓步行数分钟，便可到达都板街中国城的入口牌楼。张爱玲的研究者司马新在《张爱玲与赖雅》及《外一章》中说她常走到花园角，买都板街中国点心或与女友会面谈心，看中国老人打麻将。

张爱玲旧金山故居的
公寓大门

张爱玲自己在《谈吃与画饼充饥》一文里也提到："我在旧金山的时候，住得离唐人街不远。"偶会散步去买豆腐，还有朋友带她去意大利区买像荠菜饺的冷冻意大利饺子。司马新认为这段日子是她"十一年婚姻最愉悦的时期"，可能不错。可惜二三十年前唐人街的货品远不及今日的新鲜地道，张爱玲在《谈吃》里提及买不到新鲜嫩豆腐，又嫌姜蒜干瘪；换作今日，这些东西绝不会比上海逊色的。

布须街645号的张爱玲故居，是一栋五层楼红砖公寓楼房，昔日大概可以算是高级住家，现在显然随着城市社区的变迁而逐渐没落了。从锁着的玻璃门窥视，可以看见铺着大理石的小小门厅与楼梯。住户门牌有不少华人姓氏——到底中国城只是两条街之隔。1961年秋,她离开这里去台北、香港;赖雅也去了华盛顿,六年后他病逝。1969年,张爱玲再度来到湾区,独居伯克利杜兰街上的公寓;1972年迁至洛杉矶终老,永远没有再回来。布什街的这段日子,就只有《谈吃与画饼充饥》一文里的那一鳞半爪了。值得顺带一提的是:张爱玲故居面对一条名叫汉密特的斜坡小街,正是首批十二条"文学街"之一。戴希尔·汉密特(Dashiell Hammett)是写《马耳他之鹰》的硬汉派侦探小说的作者,1921到1929年住旧金山。此书改编的同名电影由约翰·休斯顿执导,亨弗利·鲍嘉主演,是40年代美国"黑色电影"的经典之作。张爱玲生前酷爱阅读赖雅戏称为"trash"(垃圾)的美国侦探小说,住屋正对汉密特街,不能不说是一桩冥冥之中的巧合吧——当然那是二十多年后才改名的,张爱玲在时那条街名还叫门罗街(Monroe Street)。

中英文都通的观光客,来到华埠"都板街"一定觉得奇怪:路牌上英文明明写的是"格兰特街"(Grant Ave.),怎么被华人给改了?原来此街本名就叫"杜邦"(粤语发音更近"都板"),是旧金山最老的一条街,后因纪念曾在旧金山服过兵役的美国总统格兰特而改名;可是恋旧的华人仍然固执地保留了原名。华裔作家黎锦扬1957年出版的英文小说《花鼓歌》(*Flower Drum Song*),一开头就写都板街:"对于随兴而至的观光客,都板街即中国城;对于老华侨,都板街是他们的展示柜和谋生处;对于新难民,都板街就是故乡广州了。"走在长长的都板街上,感觉

张爱玲故居对面的
汉密特街

有点像"粤语残片"、金山华工史和《花鼓歌》那个年代混合的舞台背景，叫人忍不住要怀旧一下。想起多年前读乔志高（高克毅）的《金山夜话》，提及临都板街的华盛顿街上有家远近驰名的"三和"粥店，宵夜如何令人齿颊留香，客人如何川流不息……特地转去瞻仰，果然还在，只是那幢三层木造小楼，夹在两座同样陈旧但高了一截的楼房中间，实在很难想象书中所形容的昔日风光了。

黎锦扬之后三十年，华裔作家出了个谭恩美（Amy Tan），成名作《喜福会》(*The Joy Luck Club*) 里有个擅长下西洋棋的中国小女孩，因为出生在唐人街威芙里地（Waverly Place）而取名

三和粥店的新门面　　　　　　威芙里地上的天后庙

叫威芙里。那条短街与都板街平行，也有个不同的中文街名"天后庙街"，显然那儿该有座天后庙。我来回走了两趟才发现藏身在"肇庆会馆"楼上的"天后古庙"，一不小心就错过了。这间庙是最早来到旧金山的三名华人之一在1852年所建，为了感谢妈祖娘娘保佑他渡过太平洋安抵金山大埠。这条路上堂、社、地域或宗亲会馆特多，以至于连妈祖娘娘也被肇庆同乡挤到楼上去了。

　　从中国城入口牌楼沿着都板街往北走，七八个街区之后就不知不觉来到意大利区"北滩"。中国城区与意大利区好像总是毗邻而居，旧金山如此，纽约亦是如此。若要休息一下，吃顿简单中饭，这一带有无数中国和意大利餐馆毗邻而立、任君选择；最理想的是吃完中国饭就去喝一杯地道的意大利卡普奇诺咖啡外加一小块甜点。马可·波罗若是有知，一定很高兴这两大文明如此水乳交融。

都板街遇上斜刺里穿来的哥伦布街（Columbus Ave）。交会点就是"嬉皮士"的前身、"垮掉的一代"（the Beat Generation）当年的活跃地带；最著名的"地标"当然是"城市之光"书店以及近旁的维苏威酒馆（Vesuvio Cafe）、对街的托斯卡咖啡店（Tosca Cafe）。"垮族"诗人除了才过世不久的艾伦·金斯堡（Allen Ginsberg），其余大将如杰克·凯鲁亚克（Jack Kerouac）、费林盖蒂和王红公（Kenneth Rexroth），这附近都有以他们命名的街道，是波希米亚味和文风兼盛的一处地方。

城市之光书店

已有近半世纪历史的"城市之光"书店已成了旧金山的文化观光点，柜台上未能免俗地兼售些印有书店图案的衬衫帽子之类的纪念品，不过买这些东西的人多半也不忘买一本金斯堡的诗集《嚎叫》（*Howl*）。书店老板费林盖蒂已年近八十，店员用尊敬而亲切的语调说及老板的近况，令人觉得一则传奇就在眼前。书店陈旧的气息，嘎吱作响的地板，朴素的书架桌椅以及专供吟诗的小阁楼，处处弥漫一种自由而平易近人的知性，看似随意却又是有着某种执着的坚持。也正是这份坚持，"城市之光"才能到今天还保持着同样的风格；虽然"垮族"诗人一个个逝世，而且总有一天，硕果仅存的费林盖蒂也会离去，但一代又一代读书人的心灵，还是需要这样特别的一处地方。

　　沿着哥伦布街往东南方向回头走，不多久就会来到旧金山的金融区。建于70年代的美通"金字塔"大楼（Transameriea Pyramid），是旧金山最上镜头的摩天大楼，但楼脚下却紧邻着"马克·吐温广场"（Mark Twain Plaza）。一百多年前，这场址上曾矗立起19世纪美国西部最壮观气派的建筑物"蒙哥马利大楼"（Montgomery Block）；现已片瓦无存，当年可是冠盖云集之处，孙中山先生就在这楼里起草《中华民国宪法》。

　　马克·吐温也是旧金山人津津乐道的外来作家。他1864年来到旧金山，在几家报社做自由记者，常写些揭发警察滥用职权、欺压华人等不义之事的报道，稿酬仅供糊口，他却目得其乐。他对华人特别同情，常以诙谐的口吻仗义执言。有一天，他在"蒙哥马利大楼"地下室澡堂遇见一位救火员叫汤姆·索耶（Tom Sawyer），吐温很喜欢这个名字，就把它记住了。许多年后，美

楼群中间的马克·吐温广场

国文学史上一位家喻户晓的顽童就是这个大名。吐温来到旧金山的次年，就写出他一举成名的短篇小说《吉姆·史麦利和他的跳蛙》（*Jim Smiley and His Jumping Frog*）；其后七年间他便以旅行文学家的身份，以旧金山为据点旅游、写作、演说，直至迁去东岸的康涅狄格州定居，享受作为一名大文豪的后半段人生。他会不会常常怀念起在旧金山这段成名前丰富多彩的岁月呢？

　　若是走累了想找个好歇脚处，有兴趣眺望远景的，可以朝东去凯悦酒店（Hyatt Regency Hotel）顶楼的旋转厅喝杯咖啡或啤酒；想享受贵族情调的，则不妨往西去圣方济酒店（Westin Sat. Francis Hotel）点一客英国式下午茶。左右为难无法取舍的话，就看你是想"瞻仰"哪位文学家的遗迹了。我选择了东方：凯悦门前的缆车站附近，有座不大引人注目的碑牌，是纪念罗伯特·弗罗斯特（Robert Frost）的——没错，就是他，谁会想到那位写新英格兰冬日雪林的诗人弗罗斯特出生在旧金山。至于联合广场近旁的圣方济酒店，虽说一向是帝后总统名流的下榻处，却也是有名望的文人的最爱；当年海明威就在这里说服英格丽·褒曼担任《战地钟声》（*For Whom the Bell Tolls*）的女主角。

　　说到有历史的高级酒店，商市街上的皇宫酒店（Sheraton-Palace Hotel）曾是旧金山最豪华的旅馆，1875 年开张，1906 年毁于大地震后带来的大火。但也像许多其他名建筑一样，重建后风华更茂，难怪人称旧金山是浴火重生的凤凰。1882 年，年方二十七的英伦才子奥斯卡·王尔德（Oscar Wilde）下榻在此并做讲演，举城瞩目。一百多年后的今天，几条街外的剧院正在上演百老汇名剧《伤风败俗——三审王尔德》（*Gross Indecency The Three*

诗人罗伯特·弗罗斯特的
纪念碑。后面就是旧金山
著名的缆车

Trials of Oscar Wilde）；在同性恋之都旧金山演出这出其实是探讨创
作心灵自由的精彩戏剧，震撼力和掌声都该比别处更大。

　　沿商市街往西南方走到第三街口，便是马克·吐温打过工的
《旧金山观察报》（*San Francisco Examiners*）旧址，赫斯特大楼
（Hearst Building）。楼面建筑颇值一看，浮雕典雅精致，大门上
方的"H"（赫斯特姓氏字母）却似已不再有昔日的豪气了——
不免想起奥森·威尔斯（Orson Welles）影射这位报业大王生平
的经典电影《公民凯恩》（*Citizen Kane*）。现在《旧金山观察报》
已经式微，无法与赫伯·坎恩服务了一甲子的《旧金山纪事报》
抗衡了。

赫斯特大楼的门面

　　旧金山市区已渐有重心向南移的趋势——商市街之南原是工厂和铁路的地段，仅有的一处文学地标是杰克·伦敦的故居。其实，老屋已毁于1906年的大火，如今可供凭吊的地点，只有第三街旁一条以他命名的街道、一座盖在他故居原址的建筑物上的一块匾牌，标志着这是杰克·伦敦的出生地。倒是一湾之隔的奥克兰，有个颇值一游的杰克·伦敦纪念广场（Jack London Square）以及北边索诺坞（Sonoma）郡的"美之牧场"（Beauty Ranch）和"狼屋"（Wolf House）的遗址废墟。

　　正如弗罗斯特，很少人知道舞蹈家伊莎多拉·邓肯（Isadora Duncan）也是本地人：她出生在剧院区外围泰勒街（Taylor

杰克·伦敦故居遗址上的建筑

杰克·伦敦街道的路牌

Street）上的一幢小屋里，门前有一块匾牌，纪念这位能舞能写的旧金山女儿。还有首创"失落的一代"一词（由海明威发扬光大）的才女葛楚德·斯坦因（Gertrude Stein），出生在一湾之隔的奥克兰，据说故居也还保存着。她们长大后都远走高飞，在异邦成名再不还乡，但故乡还记得她们。而异乡客来到这里，旧金山也毫不吝惜地给了他们最美好的风景与人文的记忆……

夜色渐渐笼罩了旧金山，雾从海上缓缓涌来，桑德堡（Carl Sandburg）的诗句"雾来了，以猫的小脚步，坐望海港与城市……"简直像是为旧金山而写的。海那边传来呜呜的雾号，想到也在旧金山住过的剧作家尤金·欧尼尔（Eugene O'Neill），在他自传性的剧本《长夜漫漫路迢迢》（*A Long Day's Journey into Night*）里，几次提到那哀凄扰人的雾号……明天要去寻访哪位作家的足迹呢？明天，要不要驰车去东湾的丹维尔（Danville）山上，参观欧尼尔住了六年、写下《长夜漫漫路迢迢》的"道屋"（Tao House）？还是北上凭吊杰克·伦敦的牧场废墟，或者去奥克兰看他广场上的小木屋和酒馆？或是往南，去沙林纳斯、蒙特雷，走访"加州的孩子"斯坦贝克（John Steinbeck）滨海的家乡？

如此多的可能——充满了如此多可能的地方，一个曾经遍地开满芬芳的野薄荷的地方。

（此文写于1998年，除了时间参照点的数目会有出入外，

地标均无改变）

电影篇

无字小津

在日本导演小津安二郎的许多部电影里，火车经常会出现。电影里的人乘坐短程的火车通勤，或进城办事；乘坐长途火车探亲、离乡、归乡，寻找人生的下一站；或者哪里也不去，只是遥望驶过的火车，心中生起远念……火车承载着旅行的渴望和乡愁——剧中人的、观剧人的、小津自己的。

寻访小津的旧址故地，乘坐小津电影里常出现的火车，是再合适不过的了。

从东京银座新桥站，到神奈川县的北镰仓——小津电影常出现的地方和他的长眠之地，乘火车只需时五十分钟。到站一下车，眼前就出现"北镰仓驿"这个站牌——《晚春》的头一个镜头。月台的建构基本上还是跟五六十年前电影上相似，只是外头两侧都有了人家，不再全是繁盛茂密的草木了。那些房舍都还算齐整，家家花木扶疏，围篱也都费了心思打点，有的篱上攀着朝颜花，心形的叶片被雨露滋润得翠碧可人。

路上遍地净是落叶，红色的枫、金黄的银杏，落地也依然色

北镰仓圆觉寺，小津的长眠之地

圆觉寺的墓园

泽鲜明。冬雨霏霏，需要撑伞了——这可不是小津的天气。小津的电影里天气多半晴朗，他的影中人总喜欢说：天气真好啊。连《东京物语》里那位妻子刚去世的老先生，悄悄离开赶来奔丧的子女围坐的房间跑到外头，对着出来寻他的媳妇淡淡地说：天气好啊。不过这样阴冷凄清的天气倒是适合寻访一位静寂的艺术家呢。

小津长眠在圆觉寺的墓园里。这个镇子小，出了车站走一小段路就到了圆觉寺，却没想到是座规模很大的禅寺。虽是冬季，一树树的枫叶还是丰茂鲜红，秋色依然绚丽。找寻墓园倒是走了不少路，待进了偌大的墓园里就发愁了：梯田似的排列着数不清的大大小小、高高低低的墓碑，如何找寻小津呢？

好在陪我同来的女友直子，先前就请托当地友人带路，预先勘察过，印象是有的，但我俩还是分头各自找了一会儿，不多时就见撑着白色雨伞的她在一处高些的坡上唤我过去。

是了，跟在照片和纪录片里看见的一样：石砌的围栏圈出一方墓地，黑色的墓碑正面只有一个大字：无。真是"无字碑"啊！碑上没有逝者名姓，只在背后刻一行字：昭和三十九年三月。当是立碑日期，因为小津的逝世年份是1963年，昭和三十八年。墓碑两侧有两行浅得难以辨识的文字，后来查出来是"昙华院达道常安居士葬仪香语"等字样，"达道常安居士"应该就是小津的佛教法号吧。此外根本没有墓主的姓名。若非同是小津迷的直子引路，这么大一片墓园，怎生找法？纵使找到了也不大敢确认——不过，那个"无"字还是独一无二的。还有就是在坟墓后头插了两根盂兰祭的木牌，上面有毛笔字写着"盂兰盆会为小津家先祖……"字样。

碑前置供物的石面上竟有鲜花和三瓶酒——一小瓶威士忌、一瓶清酒和一罐啤酒。四十多年过去了，竟还有人有心，记得导演生前酷爱杯中物。小津不寂寞。

日本的扫墓规矩，应是舀清水徐徐浇在墓碑上——他们凡事都求个干净。不过，这个细雨霏霏的冬日，墓碑已被雨水冲洗得

小津安二郎之墓

"无"字碑

洁净无比，不需要我们再做什么清洁工作了。

对着墓碑上那个大大的"无"字，小津许多电影镜头顿时掠过脑海。无，空无。就像他爱用的空镜头，也像画面的留白。像我喜爱而看得熟极的《晚春》，接近结尾时父女结伴出游，旅行的最后一夜女儿难以成眠，她对亲情执着难舍，痴心想望凡事都不要改变，只求相伴父亲终老。小津用极为悠长的空镜头，幽幽地照着旅社房间那只暗夜里的花瓶，久久不忍移动。

空镜，静物，没有人物，没有声音动作；然而在"无"中出现了一个新的"有"。女儿终于想通了：世事不可能不变，她必须离开父亲，出嫁为人妻人母，实现轮回的人生。

《麦秋》也是我喜欢的，小津提到这部电影时说："这是比故事更深刻的东西——说是轮回也好，变幻无常也好，就是想描绘些关于这样的事情罢。"在同一本书《小津论小津》里，他又说："有所保留才能令人回味无穷。"他最深知"留白"的效果，"无"中生"有"的哲理吧。

圆觉寺是一座有七百年历史的临济宗禅寺，建于镰仓幕府时代，开山一世祖竟然是一位中国高僧。其后几度遭火，四百年前江户时代始建成今日规模。出了墓园之后不忍就此离开这座禅寺，依依漫步行走，看到不远处有间茶座，我们便在茶座的棚间坐下，对着雨雾迷蒙的山景，捧着一杯抹茶静静啜饮。那山景，好似小津的电影外景再现。

北镰仓街上路小车少，极适合步行。离开圆觉寺再走一段路，就接近小津的故居了。故居近旁有一座净智寺，也是创建于13世纪的临济宗禅寺，据说，小津更喜爱此寺。寺里亦有墓园，

净智寺的庭院

却不知为什么他结果没有葬在那里。

　　净智寺感觉上比圆觉寺更清静，在这冬日午后简直不见人踪。院里树多成林，金黄的银杏叶厚厚铺了一地，越往后院深处走越显幽静，走过墓园，近旁时有小小的石窟，佛像群，还有拟人化了的肥胖的石雕狐狸，在绵绵冬雨中气氛几乎有些阴森了。我有几分庆幸小津安葬在高敞明朗的圆觉寺墓园里。

　　出了净智寺走一段长长的上坡路，依然不见人踪，虽然路边有住家。这些住家的竹篱笆，好几处都体贴地挖空，让院子里的树枝能够伸展出来不必砍断。这般的敬重自然让我对这些人家顿生好感。上坡路转个弯，直子停下步来，站在一个隧道似的洞口前，说：我的朋友告诉我，小津故居就在隧道的那一边。

可是隧道口被一根竹竿横腰拦着，旁边还竖个牌子，上面写：落石危险，禁止进入。直子守规矩，立即止步，我却稍作迟疑之后就跨过竹竿走进隧道……

简直像穿过时光隧道进入桃花源。从短短的隧道终端就看得见正面对着的人家，家门——昔日小津的家门。看不见门牌，应该是山之内 1445 号吧，小津四十九岁那年和母亲搬进这里，直到六十岁辞世。有棚顶的院门敞开着，围篱只是几根横木，可以看得出前院不小，再后面应当就是房屋，却被扶疏的花木遮掩住了。这栋住家有左邻但无右舍，右边是一条小山径。门前当然有路可以通车出入，至于这条隧道看来曾经是条小快捷方式。我怕打扰人家不敢多留，匆匆拍两张照片就钻回隧道。时光隧道带我回到现在，直子在这端等我。

隧道的彼端，曾经小津与寡母两人同住在那栋雅静的屋里，就像电影里那些守着寡父或寡母不肯嫁而终于不得不含泪而嫁的女儿。母亲死后一年，他便也去了。

跨越竹竿后，望见
隧道的洞口

小津故居

　　我最喜欢的《晚春》，父亲和女儿都彼此不舍，然而父亲更睿智能舍，原节子饰演的花容月貌的新嫁娘女儿出了家门，老父独自坐在冷清的小室里削苹果，忽然停下，垂首。不舍也得舍，这是人生。电影就此结束。至于《麦秋》，同一个原节子，剧中名字也是同一个"纪子"，过了适婚年龄总也不想嫁，却决定嫁给亡兄的鳏居好友做续弦；父母亲舍不得也得同意，原来的三代同堂七口之家也因她的出嫁而散了。不是什么大不了的悲剧，却是生活和生命的本相，因而无论多晴美的好天气，也难免带着哀愁了。

　　其后他屡次重复这个题材。是为了这份情怀，小津就不离开这栋屋子，不离开相依为命的母亲？

　　小津死在六十岁那年，生日忌日同一天，都是 12 月 12 日。

嫁ぎゆく処女の悩ましき心の乱れ

松竹映画

原節子・笠智衆
月丘夢路・宇佐美淳
三宅邦子・三島雅夫
杉村春子・桂木洋子
坪内美子・高橋豊子・清水一郎
谷崎純・青木放屁

晚春

小津安二郎 監督 傑作

《晚春》电影海报

同样也是终生未婚的原节子自此宣布息影，退出影坛，搬到镰仓隐居，恢复她的本名，再也不露面，如花的笑靥永成绝响。走在这个小镇的小街上，我忽发奇想：如果原节子迎面走来，我会认得出她吗？（啊，我忘了她该已是年近九十的老妇了。）

没有成家，没有妻子儿孙，甚至没有人知道他可有红颜知己；小津的生命里，除了电影，还是电影。在电影里细细描绘那些家人，父母，夫妻，子女，兄妹，好友；家常的生活，吃饭，喝茶，上班，搭火车，嫁娶，分离，老病，死亡。自己隐蔽的现实生活里，似乎都留白了。

然而留白与实景同样重要，甚至更重要；"无"与"有"同样重要，甚至更重要。缺席的人——已经成为"无"的人，在小津的电影里，在真实世界里，无形地主宰着这些角色：《东京物语》里早已在战时逝世的二儿子，他的遗孀依然温柔贤惠，给了到东京旅游的父母最愉快美好的记忆；《晚春》里的母亲早已过世，正由于她的故去才有这对相依为命的父女；《麦秋》里逝世多年的二哥，让怀念他的妹妹心仪他的朋友而愿意嫁作续弦；《秋日和》里丈夫已过世好几年了，留下美丽的遗孀和女儿，才发生一连串的悲喜剧……这些逝者们才是故事的主角，还在带领着故事发展；没有这些无形的他们，就不会有这些故事了。他们的不再存在时时提醒着我们：世事无常。

日本铁路（JR）为小津百年诞辰制作了一系列广告短片，用《晚春》和《麦秋》剧中人搭乘从镰仓到东京的火车片段以及今天的 JR 火车和车站，今昔对照，配上这样的话语："世事变幻无常，亦有不变的事物。"乘坐同是当年的 JR 火车、同样的路线、同样的地名，看起来似乎果然有不变的东西。然而物非全是，而人已全非；"不变"只是表相，变幻无常才是永恒的常态。

《小早川家之秋》里的家族长者逝世，火化之后有人遥望火葬场烟囱冒出的那缕烟顿生感触，说了这样的话："死了虽就死了，但还是可以再转世来到人间的。"这是小津借剧中人之口，说出自己对生死轮回的信念吧。

> 曾经发生，又再重演；世事流逝，有如流水。天底下没有新鲜事，只是从一种形式换到另一种新的形式罢了。这种变化，若于世间，称之为生；当转化其形离去，称之为死。
>
> （法国诗人龙沙［Pierre de Ronsard］诗句，林丽云译）

两部东京故事

　　夏天先是去成都，然后要去横滨——成都与横滨，从前很少会把这两个地名连在一起，不仅是地理位置的距离，更可能因为两个城市在心目中引起的联想差异更大吧。可是现在成都和东京成田机场之间竟然有了直飞航班，从成田去横滨捷运很方便，于是这两个地名就有了交会。

　　我们从成都去横滨就乘了这班直航机。太方便了，以至于中间多出两天空当。本来想去仙台寻访芭蕉的"奥之细道"，但闻说最近福岛的核电废水污染严重，便打消了仙台计划，改为直接去东京附近的热海。那里多的是日式温泉旅馆，最适宜作为两段紧凑的行旅之间的中途休息站。

　　在热海一间可以眺望海景的传统日式旅店住下，忽然想起小津安二郎最经典的电影《东京物语》。一对老夫妻从家乡远道来东京探望子女，几天下来，子女都忙于生计无法陪伴出游，二老挤在狭小的家里也不免碍手碍脚，于是凑份子出钱请父母亲到热海享受两晚。可是老两口不习惯"度假"，热海温泉旅馆里邻室的年轻客人吵闹了一夜令他俩无法入睡；白天呆坐在海边百无聊赖，又出于好意想替子女省钱，于是决定提前一天回东京。不料早归非但没有带给子女惊喜，反而使得另有安排的子女措手不及，当晚，二老差点变成无家可归的街友……

还好，我们来时是淡季周日，旅店安静无人，比平山老夫妇幸运多了。

热海之后来到横滨，快到入住的酒店时，一眼看到不远处港边游乐园里高大的摩天转轮，心想真巧——这不就是出现在《东京家族》电影里的那个摩天轮吗？

《东京物语》在1953年上映，六十年后，拍过"寅次郎"系

小津安二郎《东京物语》
电影海报

山田洋次导演的《东京家族》
电影海报

列和武士三部曲的导演山田洋次，重拍了东京故事今日版向小津
大师致敬。在 2013 年的新版里，平山老夫妻没有再去热海，因
为山田导演在一篇访问里说到，现在热海的传统旅店这么吵闹是
不太可能的了，所以送他们到横滨五星级洋式酒店去。二老在洋
旅店里更是格格不入不知所措，只得坐在床边地上，呆望客房大
窗外的摩天转轮。那个缓缓转个不停的巨轮，到了夜里闪闪发光
小兀刺眼，老先生却又舍不得拉上窗帘，说"这样的景色也难得
看到"。深夜财大气粗的中国客人在走廊大吼大叫，于是二老一
夜无眠，第二天把房间收拾齐整，提前回到东京，结果当然又是
令儿女为难……

其实，平山夫妇的儿女们绝对说不上不孝，只是大都市里讨生活不易，挤不出时间陪伴亲人——岂止是父母，夫妻子女也皆如此，原就是无可奈何之事。心怀愧疚的子女凑钱送父母亲去热海旅店或横滨大酒店"度假"也是好意，（女儿甚至用羡慕的口吻说：我要是有时间，也想去横滨的大酒店住上两天啊！）但是对于远道而来探亲的父母，要的不是二人世界度假村，而是骨肉相聚的时光。所以，老母亲觉得她在东京最愉快的一晚，小津版里是与守寡的媳妇、山田版里是与"没出息"的小儿子共度的；虽然在狭小简陋的居室里，虽然婆媳有过感伤对泣的时刻，但那种不待言说的贴近与温馨，交织着细细的伤感与淡淡的无奈，才是实实在在的人生啊！

两个东京故事里都有受伤的心灵。小津版里的人物战争的重创尚未愈合；山田版里触到的，则是电影开拍之前不久的海啸与核灾。在这样无常甚至多灾难的世间，平山老夫妻还有子女可以探望，也只有将生命的不尽如人意，化为唇边一抹似有若无的笑痕吧。

从我们房间的窗户倒是看不到摩天转轮或者游乐场的灯火，走廊上也没有客人喧哗；福岛的核电厂还在源源不绝排出数量惊人的污染废水，然而我们看不见，所以再度感到自己很幸运。

有一晚我坐上了摩天转轮，从高空眺望横滨港夜景，比白天从酒店窗户看出去还更美丽得多。在转轮的顶上我又想到平山老两口，其实，做父母的也应该自求多福，既然被送出来玩，何不就抱着冒险的心情，开个洋荤乘上一次摩天轮？

两天里无心遇上两个"东京故事"的现场，也算是小津迷的另一番巧遇吧。

迷魂四十年

　　旧金山的名胜，对兴趣不同的访客可以有不同的吸引力。不久前的旧金山国际电影节，听前来参加的友人说，一项很受欢迎的余兴节目，就是走访《迷魂记》(*Vertigo*)里的几处著名的景点。

　　希区柯克是 1957 年拍这部片子的。整四十年后修复的版本公演，为旧金山带来了一阵迷魂记热；一些片中已被淡忘的地方又重新被提起、比对。尤其难得的是四十年下来，大部分景点仍在，风采如昔，可供新旧影迷追忆、凭吊……或者想象。

　　我不记得第一次看《迷魂记》时自己几岁，总是年纪还小吧；对希区柯克作品中这类暗示性强烈而追杀镜头少的电影不甚了了，印象深刻的只有两桩：一是金露华的神秘艳丽不可方物以及旧金山这个城市的清静典雅之美。后来几度重看，愈见希区柯克有意拍出旧金山的美感，来衬托剧中人意乱情迷的用心。至于自己多年后竟然定居在金山湾区，却是当时绝对预料不到的。

Mission Dolores 教堂及其墓园

偶尔记下几处景点的资料，兴致来时特意寻访或者顺便路过，都是很有意趣之事。譬如旧金山最古老的建筑 Mission Dolores 教堂的墓园，就是电影里金露华饰演的玛德琳凭吊她的"附身芳魂"卡洛塔的地方。那个幽静的西班牙式小墓园令我印象深刻，却是搬到旧金山六七年了才想到去看——正因为古老，反而天长地久无须着急了。那儿简直比电影里还更幽静，花木扶疏，却一点也不阴森。卡洛塔并没有葬在园里，片中的墓碑只是道具。倒是那幅油画肖像还挂在荣勋宫美术馆的左厢六号画廊。90 年代初荣勋宫做了一次整修，但电影里四十年前的旧容貌也未大改；只是馆前多了一个玻璃金字塔，颇有抄袭卢浮宫前贝聿铭手法之嫌。

Brocklebank 公寓

算得上特意去看的地方，是玛德琳住的 Brocklebank 公寓大厦。这幢前有石砌矮墙围着停车坪的灰色楼房，高雅而简静，斜对着华贵气派的费尔芒大饭店；两幢建筑四十年来屹立未变，完全没有岁月风霜下侵蚀凋零的迹象，是最适合影迷们按图索骥的一处。

另一处重要场景，当然是金门大桥下、"堡垒顶"的水畔：玛德琳把手中花束尽撒水中，然后就轻轻一跃……害得詹姆斯·斯图尔特饰演的斯考蒂急忙跟着跳下英雄救美。旧金山湾水寒彻骨，绝对不宜游泳，这也是为什么湾中央的"囚犯岛"越狱率为零的缘故。但她要跳水，也没有比这里更壮丽又"安全"的地点了——若从金门大桥上跳下去就一定没救儿的了。

玛德琳订购花束的那家花店，谁看了都会想进去逛逛顺便买束鲜花吧。店是有的，在格兰街上离中国城不远，只是旁边并没有一条可停车的小巷。80 年代初迁走，原址换成一家服装店——至于斯考蒂为"还魂"的茱迪买衣服的那家高级女装店，则早已物换星移几度易手了。

斯考蒂初见玛德琳惊艳、后来又带茱迪去重温旧梦的餐馆 Ernie's，位于金融区的蒙哥马利街上，前两年才关店换手。据说当年是希区柯克在旧金山餐馆中的最爱。顺带一提：同一条街上不远处新地标"金字塔"大楼顶，就有一家叫 Vertigo 的餐馆。四十年前根本没有这幢楼，现在它却取巧地用了这部旧金山人引以为傲的电影片名，和"晕眩"这个傲示它的高度的字眼，可谓一鱼二吃。

电影的迷人总在虚构中的真实性：斯考蒂夜晚开车送画家女

友回她"北滩"附近的公寓时，远远隐约可闻金山雾角低沉的号音。斯考蒂的住处位于以曲折闻名于世的伦巴街下，陡度奇大，所以停车不是一般的沿马路平行停，而是成直角停才不致下滑。这都是要熟知旧金山才能会意的。可别痴痴地沿伦巴街去找那幢红漆大门、门口有三个"喜"字铁栏杆的公寓房子啊，那可是子虚乌有之处。

最美的背景是既非虚构、再过上四十年也还会在那里的：像多次出现的金门大桥，曲曲折折的上下坡路、缆车、两人漫步而过的希腊罗马式的艺术宫，宫前的喷泉与湖上翩翩的白鸟……尤其难得的是今日与四十年前的气氛一样悠闲，景象一样干净宁谧。

对了，影迷们按照心目中的情节去寻访景点、印证虚实之际，别忘了播放电影原声带，更能加强临场气氛。有1996年重录的CD，封面是最早的电影海报设计图，指挥也是同一个人。

至于我自己，虽也算得上影迷一名，却为的是见证一个城市的美——不但被艺术家的镜头捕捉了，也被喜爱她的人小心保存着。

（《中国时报·人间副刊》1999年6月21日）

鸟儿去了哪里?

拉开旅馆房间的窗帘,宽阔得几乎像是有弧度的海湾景色,哗的一下就展现开来了。果然跟电影里的很像,可是似乎又少了些什么⋯⋯

"怎么没有鸟?"孩子们眺望着码头、水面和上方的天空,手里抓着一袋准备喂鸟的面包粒,失望地问:"鸟儿去了哪里?"

是啊,博迪加湾(Bodega Bay)怎么可以没有鸟?虽然明知电影里那些成千上万、来势汹汹的乌鸦、海鸥、麻雀⋯⋯都只是特技制造出来的假象;一旦真的身临其境,却只偶尔瞥见三两只海鸟,还是不免觉得有些奇怪。

博迪加湾是旧金山北边六十里外一处僻静而秀丽的海湾,希区柯克当年看上这里的幽美,用来拍他的"动物凶手"惊悚片《群鸟》(*The Birds*,1963)。

挟着《惊魂记》(*Psycho*,1960)之后如日中天的声誉与余威,"紧张大师"一边拍赚钱的电视片,一边构思下一部作品。偶然读到《蝴蝶梦》(*Rebecca*,1940)原著者达夫妮·杜穆里埃（Daphne du Maurier）的短篇小说触发灵感，决定拍一部带点超现实幻想意味的灾难片——其实那时还没有"灾难片"这个词呢。1961年在博迪加湾开始实地拍摄，却为了解决种种技术上的难题，两年后方才完成发行。

今年8月13日是希区柯克百岁冥诞。当天适逢星期五，他若是地下有知，当会为这巧合淡淡一笑吧。不过像《十三号星期五》这类血肉横飞、淋漓尽致的恐怖片，大师必然是嗤之以鼻的。《惊魂记》的浴室经典镜头，没有一刀触及肉体，却刀刀刺进观众的神经；从此多少年、多少人冲淋浴时，总觉浴帘外有双窥伺的眼睛。高明的艺术家信任观众、挑逗观众的想象力，在观众的脑海中完成一桩完美的凶杀场面。他相信无声处胜有声，没有拍出画面的才是最恐怖的画面。《群鸟》的剧本最后十页删而未用，希区柯克舍弃了群鸟疯狂袭车以及一路尸横遍野的惊悚高潮，而以迟疑不安、悬而未决的远镜头作结束。今天看来，愈觉可贵。

电影捧出了新人蒂比·海德莉，仍是一贯冷艳金发美女的造型：一丝不乱的秀发，剪裁合身、端庄却又诱人的套装。海德莉后来无甚表现，演完下一部《玛妮》（*Marnie*，1964）即与导演不欢而散。倒是她的女儿米兰妮·格里菲斯，气质虽远远不及却红过其母——对了，海德莉在《群鸟》里角色的名字不就叫作米兰妮吗？

我第一次看这部电影时跟儿子明儿现在差不多大，完全无法认同大自然反扑的危机感，且已觉察到希区柯克对金发女性的obsession而有些不耐烦；尤其见到黑发美女苏珊·普莱雪特扮

《群鸟》电影海报

演的小学教师，最后被群鸟啄死的悲惨下场，心中非常不平，因而一直不喜欢这部电影。直到近年重看，并且读了一些分析评论文字，才看出"大师的最后一部杰作"的好处来。明儿也是这个年纪看，竟然比我当年能够欣赏，而且他显然并没有被90年代的灾难片特技宠坏，反倒提醒我："这是将近四十年前的特技水平，多么不容易啊！"

　　博迪加贝当地人口仅得一千，每年却有好几倍前来度假顺便"观鸟"的外来客。鸟虽不多（更别说群鸦蔽空的壮观景象了），大致还没令影迷失望：海湾美景数十年未被污染丝毫；公路旁的"潮汐餐厅"、码头商店、小广场什么的也都还在，只不过沾电影之光大发利是，重建得新颖气派，反而不复当年模样了。

没变的是那座小学校楼房，位于三里外的博迪加小镇上——镇实在太小了，毫不费力一找就到。现在已是私人住宅，谢绝参观，因而便宜了封面一家卖纪念品和"古董"的小店。明儿在店里买了两张剧照明信片，照片里一大群小学生满脸惊惶地从学校奔逃出来，画面上一只鸟也没有——电影里这一段可是漫天昏鸦，小孩的头顶、肩上全是凶狠叮啄的恶鸟……

整个周末，看到的鸟只有远方高处几只海鸥，特意带来的一袋面包粒，只得原封不动带回家附近公园喂鸭子了。想来现实世界与灾难片最大的不同就是：灾难片拍完了，演员道具就离开了，留下信以为真的观众反复回味；而现实世界里的灾难，是无法喊停、无从剪辑的，却常易被人遗忘。

（《中国时报·人间副刊》1999 年 8 月 16 日）

北非无谍影

　　小时候对世界上许多地方的印象，常是从电影——尤其是好莱坞制作的电影——得来的。譬如对于北非，自小脑海中的画面就是些穿白袍牵着骆驼的人，经过许多沙色的建筑，走进热闹拥挤的市场，忽然之间发生了骚动，原来是间谍在市场的人畜货物之间进行追逐枪战⋯⋯我推测这是很小的时候看了希区柯克的《擒凶记》（*The Man Who Knows Too Much*，1956 年的重拍版本），而得到的对摩洛哥，甚至整个北非的刻板印象。至于那部以摩洛哥的大城"卡萨布兰卡"（Casablanca）为片名的电影，却是得等长大些之后才有机会看到旧片重演；不过那中译片名《北非谍影》早已闻说，于是更加深了对那处地方谍影幢幢的浪漫想象。

　　Casablanca，西班牙文原意是"白屋"，但提到这个地名，几乎每个人的立即联想都是那部 1942 年的经典名片。当我告诉朋友要去摩洛哥，会在卡萨布兰卡小停两日，便有人打趣："看看里克夜总会还在吗？"

　　其实大家也都知道，拍那部电影时第二次世界大战还没打

《卡萨布兰卡》电影海报

完，根本不可能到实地拍摄；何况当时的好莱坞电影公司也不会砸大钱去出外景，电影里所有欧洲和北非的场景，全是在华纳片场摄影棚里搭的；当然更没有"里克夜总会"这个子虚乌有的地方了。可是电影就是有这份化梦为真的魔力，让人心甘情愿地相信虚构的存在。

《北非谍影》原先是个舞台剧本《人人都来里克夜总会》（ *Everybody Comes to Rick's* ），还未公演过就被华纳买下改编拍成电影了，难怪大半情节都发生在夜总会里，看得出原先为着舞台空间设计的蛛丝马迹。舞台剧多年后在伦敦上演，观众们曾经沧海难为水，根本无法接受；年前在北京首演歌舞剧版本，反应也是平平。

这部电影历久不衰的迷人魅力已经成为影史上的传奇，无论是影评人或普遍观众的票选，20世纪的佳片排行榜上《北非谍影》总是高居前两三名。脍炙人口的经典台词恐怕也是影史上最多的："山姆，再弹一次那首歌"（Play it again, Sam.），"把那几个老面孔嫌犯带上来"（Round up the usual suspect.），"巴黎永远是我们的"（We'll always have Paris.），以及公认的最佳"结语"："这是一个美好的友谊的开始"（This is the beginning of a beautiful friendship.）。主题曲《当时光流逝》（As Time Goes By）虽是二三十年代的旧曲重谱，嗓音温柔宽厚的黑人歌手威尔森唱得荡气回肠，当时就大受欢迎，时光流逝六十年了依然没有被遗忘。

无数影评家分析过这部电影的魅力元素：能满足人们对英雄美人浪漫憧憬的故事，令人低回惆怅的结局；侠骨柔肠的乱世英雄，牺牲小我私情，成全心爱的人与她的丈夫（另一位抗敌英雄）相偕投奔自由，让刻骨铭心的爱情永存心中："巴黎永远是我们的。"既高贵又可亲的角色是人们愿意认同的，反纳粹更是没有争议的正确议题；加上几名精彩的配角，让老套的三角恋情脱俗而趣味盎然起来。亨弗莱·鲍嘉的形象，看似犬儒实为侠义，冷漠的外貌下深情款款，这样"酷"的典型放在今天也毫不过时。此片除了获得1944年奥斯卡的最佳影片和导演两项大奖之外，剧本也得到最佳改编剧本奖。其实说来有趣：后来世人才得知这部得奖剧本竟是边拍边写的，因为导演一直对故事如何收尾拿不定主意，演员们对结局是悲是喜更是一无所知；所以英格丽·褒曼在两个男人之间无所适从的茫然表情，并非全属假戏——或许可能正因此而更使她显得楚楚动人呢。

身在卡萨布兰卡时不免想到《北非谍影》得奖已整整六十年，

六十年下来的影迷少说也有三代了，竟然始终后继有人！许多游客到了卡萨布兰卡，还是痴心寻找从未存在过的"里克夜总会"——影迷大概是世上最浪漫的一种人，不肯轻易放弃经典电影之梦，卡萨布兰卡也只好无中生有地成全他们了。我去之前就听说：在城中心的凯悦饭店有个钢琴酒廊，打出"里克夜总会"的名号，一位来自美国的黑人歌手在那儿驻唱，让怀旧影迷把他当成山姆。有一天逛街时正好经过凯悦，不过我并没有浪漫到那种地步，虽然近在咫尺，也提不起兴致进去听那位假山姆唱《时光流逝》。

滨大西洋的卡萨布兰卡是摩洛哥第一大城，今天的地位是北非的金融贸易大埠，而旅游指南里的观光点却乏善可陈。我知道北非的市场最好玩，像撒哈拉沙漠北端的摩洛哥旧城马纳凯（Marrakech），迷宫似的大市场里满是五花八门色彩缤纷的地毯、服饰、珠宝、皮货、乐器、彩绘陶器、手工艺品，辛香扑鼻的香料、干果，热情地邀顾客玩杀价游戏的店主，加上日落后大广场上数以百计的吃食摊，烧烤烟雾缭绕香味扑鼻，更有弄蛇的、绘掌画的、算命的……令我眼花缭乱目眩神迷之余，不忘联想到那些好莱坞电影惊悚的场景——在这样大规模又热闹到极点的迷宫里斗智追杀一定很刺激。但卡萨布兰卡的市场却让我大失所望，规模远远不及马纳凯不说，富于民族或地方特色的货品也不多。我去瞻仰了全世界第二大的哈山二世清真寺，壮观有余，却乏古意；在这到处是西式高楼的城市里，就是缺少了一种她自己原该具有的北非气氛。

机场离市区极远，一路毫无景观可看，我枯坐车上不免又胡思乱想起来：《北非谍影》最后一场精彩的结局战就是发生在机

卡萨布兰卡街景

场，幸好电影里的机场很近，男女主角不消一会儿就到了，在纳粹追兵抵达之前还有时间表演难分难舍之情；若是这么远一大截路，最后一场离情绵绵的高潮好戏之前，搞不好要加一段惊险的公路飞车追逐战，岂不是大煞风景。

"卡萨布兰卡"这个六十年来带给无数影迷浪漫想象的地名，一旦亲眼见到，就只有更佩服"梦的制造厂"好莱坞无中生有的功夫了。不过如果换作今天，大概没有好莱坞公司会看上这座城市来拍电影的——至少不会来拍爱情片。

（2005 年 11 月 8 日于美国加州斯坦福）

巴黎的红气球

晴儿两岁大的时候，迷上了一部法国电影。不是给幼儿看的卡通片，但也不是一般的剧情片，而是一部除了背景音乐没有对白、主要演员只有一个小男孩（还有一个有灵性的红气球）的片长仅三十四分钟的短片。

《红气球》（*Le ballon rouge*），1956 年法国出品，编剧和导演是艾尔伯特·拉摩里斯（Albert Lamorisse），小主角是他六岁的儿子帕斯卡（Pascal）。故事很简单：一个小男孩，总是孤单地上下学，一天在上学的路上捡到一只美丽的大红气球。这只神奇的气球似乎有灵性，总是飘浮在小男孩左右不飞走，还会跟他玩捉迷藏，就像一只可爱而忠心的小狗。小男孩也把气球当作好朋友，须臾不离，带着它去学校、带着它回家。气球也给小男孩惹了些麻烦，譬如搭巴士时不让上、学校教室不能进，上教堂连人带球被撵出来……但这只加深了二者"患难与共"的情谊。红气球成了寂寞的小男孩唯一的好友和伴侣。

好景不长，附近一群年龄大些的顽童，羡妒小男孩拥有这么

《红气球》海报及剧照

美丽的气球，伺机乘隙把它盗走，聪明的气球还是逃回男孩的身边。顽童们恼羞成怒更不罢休，埋伏在小区的大街小巷，把男孩和气球追得无路可逃，结果红气球还是落入顽童们的手中。可怜小男孩眼睁睁看着他心爱的气球成为顽童们弹弓的靶子，被射得遍体鳞伤，泄气萎缩坠地……最后被粗暴地一脚踹扁。

　　这时，奇迹发生了。忽然之间，全巴黎的气球，五颜六色的，一个接一个，从公园里、从人们的手中、从卖气球的摊子上……全都飞向一处地方：那残破瘫痪在地上的红气球，和坐在它旁边哀伤哭泣的小男孩。成十上百的各色各样的气球飞涌到男孩头上，越来越多，男孩惊喜地一一抓住，好多好多的气球啊，载着男孩冉冉上升，飘过街道和屋顶，飘向巴黎天空的远方……

　　远远超过半个世纪，这部电影依然没有被人们遗忘。不仅当年上片后获得戛纳影展大奖以及其他各类剧本和最佳影片奖，其后更有不止一部电影以不同的方式，以《红气球》为片名或象征道具，向这部电影致敬。台湾导演侯孝贤在半个世纪之后也拍过一部法语电影《红气球》，里面也有一个小男孩和一只红气球。

当时连话都还说不清楚的小晴儿，看这部没有对白的电影（除了最后男孩出声呼唤他的气球——而英语和法语里"气球"的发音是很相近的），画面动作都非常明确易懂，日常生活中的街道车辆商店学校，虽然时空不一，却是他熟悉的；而作为小朋友更是能认同体会一个小男孩与一个几乎是有生命的"玩伴"之间的感情——可能比成人更能体会呢。就像喜欢的故事每晚听完还要再听，这部电影也是看完还要我一遍又一遍放给他再看。

为了他，我在其后不久去到巴黎时，决定去寻访这部电影拍摄的现场。

在电影的片头，导演特别向巴黎梅尼尔蒙当（Menilmontant）区的孩子们致谢（也不忘幽默而深情地"向全巴黎的气球致谢"），所以我推断电影主要就是在那个区里拍摄的。由于"被迫"陪晴儿看了许多次，我对电影里的街道场景的画面相当熟悉了，以为找到小男孩和红气球出没的地点应该不难吧。到了巴黎之后，我摊开向酒店索取的巴黎地图（那时还没有谷歌地图呢），查到一条大道和一条横街都叫作梅尼尔蒙当的，那儿的地铁站也是同名；更巧的是附近正有一座单塔尖顶的教堂（就像小男孩和奶奶带着气球想进去做礼拜却被执事撵出来的那座）；而地图也显示了：教堂后边就有一段铁路——电影里有一景便是男孩牵着气球在天桥上看火车从底下驶过，火车头白蓬蓬的烟雾一下子把气球美丽的红色给遮蔽了……我兴奋地想：一定就是这里了！

　　然而去到那个地铁站下车钻出来时，却是一片茫然，完全看不到电影里那样的街景，道路、建筑、车辆甚至行人……全都不是那回事。眼前的建筑物不新不旧、不算丑也绝不美，就是毫无特色，也毫无巴黎的味道。（后来才知道那一片已经变成外来移民区了）我一直先入为主地相信巴黎是个永恒的城市，巴黎的风景是不会变的。我没有想到的是：不变的风景只是访客们熟悉的、被精心保持着原貌的那一块满是世界知名的伟大名胜古迹之地；而别处的平民百姓居家过日子的地方，是随着生活环境的需要，在悄悄地或快速地变化着面貌。梅尼尔蒙当一定就是这样的一处地方。

　　不过，至少地图上显示了教堂和铁道，应该还找得到吧。我确认了一下当前的所在地点，试着按图索骥。不过巴黎的路难找是出了名的，既不整齐又无规则，建筑也不一定是方方正正的，时常斜刺里冒出一栋三角形的楼房，尖角指着你，劈开的两条岔路够你伤半天脑筋去选择。（上海就有一栋30度角的武康大楼，正是当年法租界的法式建筑特色作品。）我小心地沿着通往教堂的路走，那时还是冬天，逆着冷风走上坡路相当辛苦，还不忘左顾右盼希冀奇迹出现，让我一眼就惊喜地看到小男孩住的公寓楼房，红气球悠悠飘在外头守候的那个有着美丽纹饰铁栏杆的阳台……可惜所见全是些半新不旧外貌平庸的商店楼，热闹地展挂着各国文字的市招，路旁停满了灰扑扑的车、人行道上摆满着从商店里漫溢出来的货物。这当然不是四五十年前小男孩和红气球闲逛的那条闲适悠然的邻里街坊了。

走错了两条横街才看到一座教堂的侧影。我的心跳开始加速，赶紧绕到它的正前方，又站远些打量再打量；然后闭上眼睛对照脑海中的电影镜头：小男孩和奶奶已经进了教堂，红气球带些犹豫地飘进教堂大门想找小主人，结果连老奶奶全给撵了出来……睁开眼睛，我想自己终于找对地方了。用冻得有些发僵的手举起相机，把教堂的形象纳入镜框——排除了周遭逼仄的小街、潦草的房舍，教堂显得庄严巍峨起来，一如电影中的样貌。我按下快门，一张又一张，心中想着的是不知道晴儿会不会认出这是什么地方？多半不会吧，没有一只鲜红的气球飘在前面，任何一栋教堂对两三岁的小孩都是一样的。

《红气球》里的教堂

从教堂的旁侧再往后走，是个有些冷僻的住宅区，半旧的廉价公寓不整齐地排列着。我在这些全然眼生的街巷间绕了一阵，终于来到一座小小的人行陆桥，底下果然是火车铁道。没有错，就是这里了！我兴奋地举起相机，又颓然放下——拦着陆桥两侧的已不是电影中笔直好看的栏栅，而是孔眼繁密的铁网，根本不可能透过它拍照。

我惘惘地折回教堂的方向，再返回大街，朝向地铁站走，已经没有任何意愿东张西望试图发现什么眼熟的景物了。心头涌现"捕风"与"捉影"两个词，此刻含义贴切地令我不无自嘲地微笑起来。在冬日遥远的异国寻访一个很可能根本不存在的地方，找寻一个虚构的电影故事场景已是够傻了，何况那是几十年前的电影，就算这一带确实是拍摄的地点，但空间、时间都已改变，人事皆非了。而我既不是慕名瞻仰又不算怀旧访古，只能算是……唉，就算是一个影迷妈妈为她的影迷宝宝发一次童心吧！

然而妈妈的这点童心和痴心，对于晴儿来说，或许还不如赶快回家去陪伴他再看一次《红气球》电影呢。或者，等他长大到能够与我一同旅行、一同寻访对我们母子有共同意义或者共同记忆的地方，远比我一个人这样摸索有意思得多吧？

不过，那晚当我向一同进餐的法国朋友提到这个白天的经历时，那位平日有些倨傲的法国男子忽然神色柔和了下来，露出少见的惊喜，热切地告诉我：他小时候也看过这部电影，印象很深，一直不曾忘记电影里的种种——那只气球，那个小男孩，最后悲伤又奇妙的结局……当他沉浸在他的童年回忆的时候，我瞥见窗外有细羽般的雪花，漫漫从夜空飘下。那巴黎的天空，许多年前一个晴朗的秋日，曾有过上百的色彩缤纷的气球飞过，每一个看过那幕景象的小男孩都会永远记得。而此刻，雪也静静地落在梅尼尔蒙当的街道上、教堂的塔顶上，还可能落在年已近半百的小男孩帕斯卡家的屋顶上……每一个在童年都曾拥有过、又失去过一个美丽的红气球的大人和孩子，在他们的睡梦和记忆里，无数的气球载着他们的童年，飞向晴朗的天空。

后来晴儿长大了，我们一同看了很多电影，也一同寻访了一些电影的场景，有的是恰巧路过，也有特意找寻的。但红气球是所有这一切的开始——一个美丽的开始。

那朵花，那座桥

花，是一朵还不知道名字的花；桥，是一个异国小城边上，一座并不著名的桥。

刚念完大一的晴儿，高中最后两年开始打暑期工，算算已经连着三个暑假都没有闲着。今夏在硅谷一家导航仪器公司工作，虽是实习生可还是领薪水的，让他颇有成就感。作为嘉奖兼慰劳，爸爸妈妈决定去日本公务旅行时把他带上，时段正好是他打工完毕、开学之前的两个星期。

晴儿小时候去过日本，但记忆里的印象已经不深了，而且跟着大人走，对地方景点更是毫无概念。这次决定让他也有些发言权——何况他在高中修过几年日文，虽然从未听到他开口应用，但说不定紧急时刻也能派上用场呢，于是问他想看些什么地方？出乎爸爸妈妈意料之外的，他说：东京附近有一处地方，有一座桥，想去看看。

看桥！这可是妈妈长久以来的兴趣，而他从来就没有对妈妈的兴趣表示过兴趣。这是怎么回事？

他有些腼腆地，又有点故作漫不经意地说：是一个日本动漫电视影集，用了一个东京附近的小城作故事发生的地点，片头是一座桥，里面的人物也经常在桥上活动。他想看看那座桥真实的模样。

妈妈问他可知道那个小城和桥叫什么名字？他找出两个汉字，"秩父"。是地名，也是桥名。对日本地理还算得上熟悉的妈妈说：从来没听过这个地方呢。谷歌一下，属于一个也是没听说过的埼玉县，距离东京市区不算很近。

跟当今很多美国青少年一样，晴儿从高中后期也迷上日本动漫。而妈妈对日本动漫仅有的知识来源和喜好只有一个：宫崎骏。可是这位漫画家的作品题材和风格多半带着浓厚的欧洲风味，而生长在美国的晴儿最喜欢的动漫竟然并非宫崎骏那一路，却是些非常日本风格、完全是现代日式生活的题材。这就使得妈妈感到好奇：那些日本动漫说的是什么故事，吸引了这些文化语言迥异的少年？

于是晴儿为妈妈下载了一部十一集的动漫连续剧，名字很奇怪，很长，翻译成中文是《我们仍未知道那天所看见的那朵花的名字》（あの日見た花の名前を仆达はまだ知らない）；不过，也有简称，就是《那朵花》（あの花）。

儿子愿意让妈妈一窥他只和同龄朋友分享的嗜好，甚至有兴趣想要知道妈妈对这部动漫的意见，令妈妈简直有些受宠若惊。平日总觉得连续剧太花时间而很少沉浸其中的妈妈，一方面为了讨好儿子，同时也好奇是什么因素吸引了这些少年，于是断断续续砸下了几个小时，看完了生平第一部动漫连续剧——当然，有

《那朵花》电影海报

不少片段是快速跳着看的，不过妈妈没敢跟儿子坦白。

看到最后的完结篇时，妈妈隐约有点懂得了。

一开始出现的是个邋遢颓唐的男孩，名叫仁太。他该上高中了，可是不去上学却躲在家里打电玩；他曾经有过一群好朋友，还是其中意气风发的领头，可是现在大家已经疏远，有的甚至瞧不起他，不相往来了。有一天出现了一桩怪事：一个曾经是他那群好友中最可爱、几年前却因意外而去世了的女孩，忽然出现在他身边——当然，她是个鬼魂，因为她确实已经死了，而现在只有仁太看得见她。这个女孩子（好友们当年都称她的绰号"面麻"，就是日本拉面里的笋干）长得也跟仁太一样大了，但衣着神态和可爱善良依然跟当年没有两样。她的忽然出现倒不是为了吓人，而是希望在投胎转世之前完成一桩心愿……

于是十一集的剧情就此展开：五个昔日伙伴，各自带着丧友的创痛和负疚孤独成长，刻意与老友冷淡疏离，同时穿插昔年女孩未死之前，这六名好友（三男三女）小时候的种种往事；时而活泼幽默、时而温柔忧伤的调子，配着柔美而写实的背景画面（都是埼玉县秩父市这个地方的实景），生动地（也不免带着动漫的夸张）描绘了这几名少年，在看似冰冷叛逆的外表之下，他们柔软受伤的心灵，如何被一个善良的故友的鬼魂愈合。最后在"面麻"将要永远告别之际，他们为她圆满了她的心愿：大家振作起来，重新继续做永远的好朋友。

看完了《那朵花》，妈妈对晴儿说：好，我们去秩父市，去看那座桥，还有那群好朋友碰头聚会的小庙"定林寺"，还要吃一碗有"面麻"的拉面……晴儿说：最后一项可以免了，我不喜欢笋干。

母子俩住在东京的新宿，需要先搭地铁去池袋，再从那里搭乘火车去秩父，至于到了秩父下了车，怎么找桥找寺还没概念……不管了，到了再说吧，反正妈妈会认汉字，晴儿会问路，母子俩应该不至于迷路丢人。

虽然是停站很少的特快车，还是走了将近一个半小时；最后一段好像是反方向上山，估计这个地方的地势很有些高度呢。出了秩父西武站，一眼就看到对街的"秩父观光情报馆"，进去发现不仅资料齐全，还有中英文的地图和城市介绍。最令晴儿惊喜的是竟然也有"那朵花"连续剧的景点地图，详细列出影片各集里的实际地点。母子俩研究了一下，秩父市虽不大但也不是小到可以仅靠步行的，最好是搭公交车。柜台后面的服务人员十分热

主角"仁太"的蓝色凳子

《那朵花》的小花园

忧，用生硬的英语指点他们到哪里乘车、在哪些站下车。

母子俩上了公交车，按图索骥，看到"札所十七番"的路牌便按铃下了车，逢人便问"定林寺"在哪儿，却没有一个人说得准。在秋老虎中午酷热的太阳下走了不少冤枉路，两人满头大汗几乎要放弃了，忽然看见一堵眼熟的砖石墙和墙前一张眼熟的蓝色长凳，母子不约而同地说："仁太的凳子！"然后出现了一个狭长的花圃，小小的牌子上注明是《那朵花》的花园，那么这一带正是定林寺前的那片斜坡地，猜想定林寺应该不远了。

果然，弯进一条小路下行不久就看到了那座朴素的小寺庙，跟影片里一模一样，熟悉到好像曾经来过似的。然而这里是那些孩子们聚会商量事情的地方，台阶前却没有坐着站着的孩子，没有他们的话声笑语……太安静了，令他们渐渐感到有些不像了。

妈妈和晴儿绕到后面，那儿有间小小的铺子，一个老人家纹丝不动地坐在里面。铺子里陈列着一般寺庙都有的吉祥符、小挂件什么的，还有别的寺庙绝对没有的——《那朵花》的小纪念品。妈妈挑了一块祈愿木牌，上面画的"面麻"睁着大眼睛，俏皮地微笑着。

回到大路上等了不多久就来了一部公交车，上车后跟司机指着秩父桥的图片，司机点点头。到了桥前发现根本不必打招呼，那座就跟影片上的图像一模一样的桥，怎样也不会错过的。

走上桥才发现这是一座叫通汽车的"斜张式"公路桥，有着虽不高但很显眼的桥塔和钢索，而专供步行的旧秩父桥就在旁边。母子俩走上旧桥，看碑文才知道原来是一座颇有历史的老桥，最早的桥基建于明治年代，曾是早年"江户巡礼古道"的通

定林寺，门前有小朋友的人形

秩父桥

路；现在这座已是第二代桥，有八十多年历史了。栏杆和桥身都很美丽，不到一人高的桥柱上立着古雅的灯笼式的路灯，桥面铺着红砖，还有花坛和日式园林里的观赏石，衬着背后新桥的桥柱和钢索，很上镜头。难怪《那朵花》的片头都用这个景点，六个小孩在这里奔跑欢唱……

凭着桥栏眺望，母子都很安静，也许都在想着剧中同样的景象，想着那几个子虚乌有、然而是多么活泼可爱的孩子，三个男孩三个女孩，都有各自的个性、各自的优点和缺点，像世间任何一个孩子一样……不，有不一样的，至少，其中的一个——

早逝的孩子。

晴儿是个幸运的孩子，他从出生到现在上了大学，都住在同一个小城同一栋房子里，所以他的朋友中有从幼儿园时代就交上的。小时他两个最要好的小朋友，都是有着蓝灰色眼睛的小男孩，一个叫威廉，一个叫艾里克。他幼儿园那年就跟威廉同班，一直到高中都同校；艾里克则是小二开始同班的，课后又都在同一个安亲班里；加上住得近，妈妈们后来也都熟了变成好朋友。学校有什么活动常常是三个妈妈轮流开车，带着自己的一个然后去接另外两个；我脑海里至今还会浮现小威廉在他家窗口热切地等待着我的车开近然后飞奔出来，就算几个小时前才见过面，三个小男孩在后座还是又嚷又笑的兴奋莫名。妈妈们亲昵地称他们"三只小猴子"。

"小猴子"会长大，有了各自的性格和兴趣，虽然在妈妈的记忆和印象中他们还是亲密无间的好朋友，其实成长已经缓缓地、渐渐地把他们疏远分隔了——他们自己一定知道，只是妈妈们无法意识到。三五年的时间对中年的妈妈似乎短暂迅速，除了孩子的身高之外几乎难以觉察其他世事的变化，然而对他们却是一段够长的成长岁月，长到足以把孩子变成一个完全不一样的陌生人。

渐渐地，晴儿有了自己的兴趣自己的朋友，跟威廉虽然还在同一个游泳校队里，但妈妈注意到即使练习完了同车回家，也不再像从前那样大声说笑，而只是像普通朋友那样淡淡交谈，更不会留下来一道玩了。他跟艾里克原先组了一个小乐队，可是因为两人对歌曲的选择和品位不同，也渐渐不再一同练琴了。妈妈们还是常约了一道喝个咖啡或者吃个午餐，慢慢习惯了孩子不再黏在身旁的日子，但话题总还是会带回到各自的儿子的近况：长得高壮英俊的威廉很有女孩缘；艾里克又组了一个乐团叫"黑天鹅"，等等。其实这些我都听晴儿提过，虽然他们不再玩在一起，但到底还是在一个校园里，又有许多共同的朋友，并非完全生分的。

事情发生在晴儿高三那年。刚开学一个月，那个秋天的早上，晴儿才搭上去学校的校车，我在家中接到艾里克妈妈的电话：威廉出事了。

我一直很难回想描述那个早晨。记得我立即拨了晴儿的手机，告诉他：他很快就会听到威廉的事，但妈妈要做第一个告诉他这个消息的人，让他有些心理准备。这样可怕的消息，从妈妈的口中听到，可能不会像从其他人听到那样残酷。

威廉自杀了。前一个夜晚的深夜时分，在学校附近的火车平交道上。

他是在家人都睡下之后，偷偷潜出家门，骑上脚踏车去到平交道的。他把车停在路旁，然后躺卧在铁轨上，静静等候末班火车疾驶而来……

那天上午我去威廉的家。在那天之前，我以为自己多少知道如何安慰丧子的父母亲，但那天面对威廉的父母亲，我竟然无言以对了。我不知道世间有没有更难以回答的问题——当做父母亲的被问道："你们的孩子为什么自杀？"威廉的爸妈只能说实话："我们不知道。"最最难回答的问题是那些没有问出口的，但显然是人们一定想问的："真的吗？怎么可能？你们到底是什么样的父母亲啊？"当然没有人忍心当面问出那样的话，但猜测和耳语具有同样的杀伤力。威廉的爸妈在遍体鳞伤的时候还是希望知道：为什么？谁都知道威廉生长在一个快乐和睦的家庭：乐天的爸爸、随和的妈妈、伶俐的妹妹，夏天时一家人开着休旅车出门露营，冬天到夏威夷的度假屋过节，星期天上教堂……到底是为什么呢？合理的推测不外是青少年的忧郁症，但威廉从小就是个多动儿，调皮搞怪，难以相信他有忧郁的一面。对于其他的妄测，艾里克总是激动地为朋友澄清，说他知道威廉，绝对不是嗑药的孩子！

我知道世间没有能够安慰这对父母亲的话语，所以我只是常去探望他们，听他们说话——如果他们想说。我总是带一大盘叉烧蛋炒饭去，因为威廉喜欢，威廉的妹妹也喜欢。我静静陪威廉的妈妈坐着，客厅桌上放着威廉的照片，从小到大，在"三只小猴子"那张里，威廉眯着他蓝色的眼珠子笑得多么开心……

威廉的追思礼拜那天我在国外，晴儿自己去了。后来，威廉妈妈告诉我：她给了小朋友们每人一张卡片，请他们写几句话给威廉，结果晴儿密密麻麻写满了卡片的两面……晴儿从来就不是个善于用文字或语言表达感情，尤其是深沉而难以启口的感情的少年。当我读着那些话语——那些对童年美好的回忆，对多年好友的深情与赞美，对成长的惶惑，对生活和生命种种疑问的无解，对朋友不告而别的不舍与哀伤……我急切地读着又不忍卒读。我原以为他们已经不再是好友，也许震撼和伤害不会那么深……我竟然大错特错了。

高三那年是困难的一年，课业繁重，要开始准备申请大学，而晴儿和艾里克就在那年首次经历着他们从出生以来最困难的时日。妈妈在旁边只能暗暗心疼却使不上力，孩子像紧闭的蚌壳，痛苦无从宣泄，每当妈妈试着小心翼翼地提到威廉却总是碰上一堵沉默的墙壁。晴儿和艾里克再也不玩在一起了，有时我开车经过威廉家那条小街，恍惚觉得"三只小猴子"还挤在后座说笑，但我知道那些情景正如他们永不返回的童年一样：永远不再。

永远不再的童年，秩父旧桥上，六个天真活泼的孩子在奔跑；然后，下一个瞬间，时光已经流转，五个各怀心事的少年缓缓走过，后面静静跟着一个永远不再的女孩的鬼魂。

妈妈对晴儿说：很美的桥，我喜欢。晴儿笑了笑。妈妈注意到桥那端有个小餐馆，名字很雅，叫"见晴亭"。妈妈说：你看，这桥也跟你有缘，你的名字都在桥端呢。晴儿又笑笑。

"还想看别的地方吗？"走回大路，妈妈问晴儿。

"面麻"为秩父桥做安全代言

"不必了。"晴儿说,"我已经看到我想看的了。"

妈妈轻轻地说:"我想,我知道你为什么要看这座桥了。"

"我想你是知道的。"晴儿说。

他们上了开往火车站的公交车。车子经过一条热闹的市街,路边挂着许多彩色缤纷的旗招,大眼睛的"面麻"在花丛中开心地笑着,她已经成为当地的观光亲善大使了,秩父市因为《那朵花》和"面麻"而闻名;听说《那朵花》已经改编成两小时的动画电影,2013 年就会上映,到那时秩父会更有名,动漫迷会从全国各地远道而来——不过,像这对来自美国的母子大概还是不会太多吧。妈妈看看儿子,儿子看着窗外。

到了车站,正好十分钟之后有一班快车去东京。坐在车上,妈妈想起来,说:电视剧里,那两个后来上了好学校需要通学的孩子,不就是坐这班车吗?晴儿说:嗳,是啊。妈妈取出相机检视今天一路拍的照片，看到拍得好的就递给晴儿看，晴儿对他自己的影像只是淡淡地一瞥，只有对桥的那张多凝视了片刻。

妈妈想：他来了，看见了，记住了；没有留下什么也不用带走什么。

车窗外的风景飞也似的掠过，童年在身后，成年在未来，这段哀乐少年岁月里，有些朋友没有能够一道走下去，就像有些花朵没有来得及知道名字，有的桥没有能够一同跨越……成长就是学会用自己的方式去纪念，去疗伤，去继续走。晴儿以后人生漫长的路，妈妈最多只能陪他走到桥头，目送他跨过，一座桥，又一座桥。